影子

WHEN DOGS CRY

犬

〔澳〕马库斯·苏萨克 著

周媛 译

北 京 出 版 集 团

北京十月文艺出版社

新经典文化股份有限公司
www.readinglife.com
出　品

献给童子军

以及妈妈和爸爸

1

把啤酒做成冰块，这是鲁布的女朋友出的主意，并不是我。

我们从这里开始讲起。

我恰好因为这件事输了一切。

你看，我总觉得在某个时刻，我会长大成人，但这件事到目前为止都还没有发生。一切都还是老样子。

诚意十足地说，我总在想到底会不会有那么一天，卡梅伦·沃尔夫（也就是我）能够真的振作起来。有那么几个瞬间，我曾瞥见一个不一样的自己。之所以说不一样，是因为那几次我感觉自己仿佛真的成了人生赢家。

然而，事实总是让人心痛。

真相野蛮直接，令我内心刺痛，也就是说，对我这个个体而言，胜出绝非一种常态。必须要在记忆的无数回声和无穷足迹里费尽心思寻找，才能找到这样的瞬间。或者说，我必须搜肠刮肚才能找到几个还不算太糟的人生片段。

我会"抚摸"自己。

偶尔。

好吧。

行吧。

经常。

（有人告诉我，你还这么小，不要承认自己会做这种事，因为确实会有一些人听到后会觉得自己受到了冒犯。好吧，对于这种说法，我只能说，见鬼，为什么不能承认？为什么不把事实讲出来？不说出来不就没什么意义了吗？还有意义吗？）

（有意义吗？）

我只是希望有一天，会有一个女孩子来爱抚我。我希望她看到我的时候，不会觉得我是个肮脏、邋遢、似笑非笑又愁眉苦脸、一心只想给她留个好印象的败犬。

她的手指。

在我的想象里，她的手指总是那么柔软，落在我的胸口，一路划向我的小腹。她的指甲划过我的大腿，如蜻蜓点水一般，令我的肌肤一阵微颤。我总是幻想这些，但拒绝相信这一切只和欲望有关。我之所以这样讲，是因为在我的白日梦里，她的双手最后总是落在我的心口。每次都是。我告诉自己，那里才是我真正希望被她触碰的地方。

当然了，梦里一定会做爱。

一丝不挂。

这些情节在我的脑海里进进出出，让我感到天旋地转。

但当一切都结束以后，我最渴望的是她的喃喃低语，是我能将她拥入怀中。对于我而言，这一切是不会转换成现实中的画面的。我只是在大口地吸入幻象，让自己全心全意沉溺其中，想象自己正愉悦无比地陷入一个女人温软的体内。

老天，我真希望一切都可以变成真的。

我希望自己深深嵌在所爱女子的身体里，而她沉溺在我给予她的满腔爱意中。我希望体会到她剧烈跳动的脉搏带来的窒息感。这就是我想拥有的一切，这也是我希望自己能够变成的样子。

然而。

我并不是这样的人。

我所拥有的只是这里那里的一些零散画面，还有支离破碎的希望与幻想。

啤酒冰块。

当然了。

我就知道自己差点忘了些什么。

那是冬日里一个难得的暖和日子，尽管还刮着寒风，阳光却是温暖的，甚至让人产生了一丝悸动。

我们坐在后院里，收听礼拜天下午的足球赛。但坦白说，我其实一直在偷看我哥哥新一任女朋友的腿、屁股、脸和胸部。

我刚才提到的这个哥哥是鲁布（鲁布·沃尔夫），在这个冬天里，他大概每隔几个礼拜就会换一个新女朋友。有时，当他们待在我们兄弟共享的卧室里的时候，我能听见他们发出的动静——叫喊、惊呼、呻吟，甚至是狂喜时的低语。我记得自己从一开始就很喜欢他的这一任女友。她的名字很好听。奥克塔维亚。她是一名街头艺人，同时也是个性格很好的女孩，至少比鲁布以前带回家的那些不正经的女孩子要强。

我们初次遇见她是在一个港口，那是深秋里一个礼拜六的下午。当时她正在表演口琴吹奏，人们会往她脚边那件铺开的旧夹克衫里丢零钱。我们去的时候，夹克衫里已经堆了不少钱。鲁布和我一直看着她，因为她真的很厉害，可以用口琴吹出各种或高昂或低沉的旋律。人们有时会围成一圈，每当她奏完一曲便鼓掌叫好。在一个拄着拐杖的老人给了钱之后，鲁布和我也赶在一群日本游客之前给了她钱。

鲁布望向她。

她回望过来。

通常这样就够了，因为这就是鲁布的魅力。我哥哥从来不需要说什么或者做些什么。他只需要站在那儿，挠挠自己，甚至就连走到下水沟时被绊了一跤，都会有女孩子因此喜欢上他。就是这么一回事。奥克塔维亚也不例外。

"那么，最近你住在什么地方？"鲁布问她。

我记得，她那如同大海一般碧绿的双眸一下亮了起来。"在南边，赫斯维尔那边。"这个时候他就已经得到了她的心，我能看得出来。

"你呢？"

鲁布转过身，指着不远处："你知道中央车站另一边那几条破破烂烂的大街吗？"

她点了点头。

"嗯，我们就住在那儿。"只有鲁布能让那几条街听起来像是这个地球上最棒的地方——就是这么几句话，鲁布和奥克塔维亚就在一起了。

我最喜欢她的一点是她能真真正正承认我的存在。当她看着我的时候，并不会把我当成她和鲁布之间的障碍。她总是跟我打招呼："最近过得怎么样，卡姆①？"

但真相是这样的。

鲁布从来没有爱过她们当中的任何人。

他也从来不在乎她们。

他之所以想要一个女孩，是因为她是"下一位"，既然"下一位"比"上一位"更好，为什么不接受呢？

无须多言，在女人的问题上，鲁布和我并没有太多相似之处。

尽管如此。

我一直都蛮喜欢奥克塔维亚的。

我喜欢那天，我们一起走进房子，打开冰箱，看到里面只有一碗三天前剩下的汤，一根胡萝卜，一个绿色的什么东西和一罐 VB

---

① 卡梅伦的昵称。

啤酒①。我们三个人都弯下腰盯着冰箱。

"完美。"

这话是鲁布说出来的，言语中充满了嘲讽。

"那是什么？"奥克塔维亚问。

"什么？"

"那个绿色的东西。"

"我一点头绪都没有。"

"是牛油果吗？"

"那也太大了。"我说。

"那它到底是什么玩意儿？"奥克塔维亚又一次问。

"管它呢。"鲁布插嘴道。他的眼睛牢牢盯着那罐啤酒。此刻他眼中唯一的绿色就是啤酒罐上的那个绿色标签。

"那是爸爸的。"我告诉他，眼睛却一直盯着冰箱。没人动弹。

"所以呢？"

"所以，他和妈妈还有萨拉一起去看史蒂夫的足球赛了。等他回家的时候，他也许就想喝啤酒了。"

"是啊，但是他也可能会在回来的路上再买几罐。"

奥克塔维亚转身离开，胸部蹭到了我的肩膀。那感觉太好了，我忍不住浑身发颤。

很快，鲁布就伸出手拿出了那罐啤酒。"值得一试。"他这样说道，

---

① 即 Victoria Bitter 牌啤酒，产自澳大利亚维多利亚州。

"反正老家伙最近这段时间心情还不错。"

他是对的。

去年的这个时候，爸爸因为揽不到活儿而格外丧气。今年他却找到了足够多的活儿，每隔一两个礼拜，到了礼拜六，他还会喊我给他搭把手。我总会去帮忙。鲁布也是。我爸爸是个水管工。

我们挨个儿围坐在厨房的餐桌旁。

鲁布。

奥克塔维亚。

我。

那罐啤酒立在桌子正中央，表面渗出水珠。

"怎么样？"

鲁布问道。

"什么怎么样？"

"当然是我们该拿这罐啤酒怎么办啊？你这个蠢货。"

"冷静一点好吗？"

我们都心照不宣地笑了。

就连奥克塔维亚也露出微笑，因为她已经渐渐适应鲁布和我对话的语气了。至少，她已经习惯了鲁布跟我讲话的那种态度。

"我们要把它分成三杯吗？"鲁布继续问，"还是就这么轮流喝？"

就是在这一瞬间，奥克塔维亚想出了那个绝妙的点子。

"我们把它做成啤酒冰块如何？"

"这是什么幼稚的玩笑吗？"鲁布问她。

"当然不是。"

"啤酒冰块？"鲁布耸耸肩，认真思考起来，"好吧，我觉得，天气足够暖和，倒是可以这么吃。我们家里有没有那种塑料冰块模具？你明白的，那种一头带着小木棍的。"

奥克塔维亚已经打开了碗橱，并找到了她搜寻的目标。"一发即中。"她咧嘴笑了起来（她的嘴巴长得十分可爱，牙齿洁白整齐，看起来很性感）。

"好的。"

现在要开始正经做事了。

鲁布打开啤酒，准备把啤酒倒出来，当然，要均匀地倒在每个小格里。

他被打断了。

是我。

"我们是不是应该先洗一下模具，还是怎么处理一下？"

"为什么？"

"也许，它们被放在那个碗橱里很久了，可能放了十多年了。"

"那又怎么样？"

"所以它们可能很脏，里面说不定都长霉了，还有——"

"你还能不能让我把啤酒倒出来了？！"

在紧张的气氛里，我们又大笑起来，终于，费了九牛二虎之力，鲁布把啤酒均匀地倒在了模具的三个格子里。他调整了下小木棍的位置，让它们都直立起来。

"好了。"他说，"真得感谢老天爷。"他又缓缓走回冰箱旁。

"要放在冷冻那一层。"我提醒他。

他停住脚步，退了两步，然后慢慢转过身。他说："你难道真的以为我就那么愚蠢，我能把啤酒从冰箱拿出来，倒在冰块模具里，然后再把模具放回冰箱的同一层？"

"这可说不准。"

他又一次转过身，向前走了几步。"奥克塔维亚，帮我打开冰箱门好吗？"

她照做了。

"谢了，亲爱的。"

"小事一桩。"

接下来，就是等着它们冻成冰块了。

我们又在厨房里坐了好一会儿，终于，奥克塔维亚开口对鲁布讲话了。

"你想找点什么事情做吗？"她问他。大多数女孩说出这种话的时候，我就知道我该离开了。但是换到奥克塔维亚身上，我就不怎么想这样做了。不过我还是起身离开，给他们腾出独处的空间。

"你要去哪儿？"鲁布问我。

"我也不确定。"

我离开厨房，顺手拿上夹克衫准备晚点再穿，然后走到前门廊上。我半个身子都已经探出门外，但还是开口说："也许去驯狗场，也许就是出去随便逛逛。"

"行吧。"

"待会儿见，卡姆。"

我最后看了鲁布一眼，又瞥了瞥奥克塔维亚，我看到他们的双眼里都饱含欲望。奥克塔维亚对鲁布充满渴望，但鲁布眼中只有对女孩的渴望。任何一个女孩都可以。这其实再清楚不过。

"回头见。"我一边说着一边走了出去。

纱窗门在我身后重重合上。

我拖着沉重的步伐。

我把两只胳膊分别伸进夹克衫的袖子里。

温热的长袖。

皱巴巴的衣领。

双手插在口袋里。

好的。

我继续前行。

很快夜色便席卷了天空，整座城市弯下腰，沉寂下来。我知道自己要去哪里。尽管没有方向，大脑一片空白，但我就是知道。我要去一个女孩那里。那是我去年在驯狗场认识的一个女孩。

她喜欢的。

她喜欢的。

不是我。

她喜欢的是鲁布。

有一次她和鲁布讲话的时候，她甚至直接管我叫废物。然后，我听见我哥哥用了各种语言咒骂她，然后把她一把推开。

我最近经常做的一件事就是站在马路另一边，正对着她家门口的地方。我站在那儿，瞪起双眼，目不转睛，心有所念。等到她家窗帘拉下来，我会再站一会儿，然后就会走开。她的名字叫斯蒂芬妮。

那天晚上，也就是后来被我定义为啤酒冰块之夜的那个晚上，我比平时又多站了一会儿，盯着看了好久。我站在那儿，想象着自己和她一起走回家，并为她打开家门的场景。我费尽心力地想象着，直到一种剧痛将我的内里拉扯出来。

我站在那儿。

灵魂赤裸在外。

血肉反而缩到里面。

"就这样吧。"

我走的这段路不算近，因为她住在格里布区，而我家在中央车站附近的一条狭窄小巷里，排水沟破破烂烂，不远处就是一条条铁轨。但我已经习惯了这一切——这段距离和这条街。从某种意义上讲，我甚至会为自己生在这座小房子里、身为沃尔夫家的一员而感到自豪。

我开始往家走，时间一分一秒地过去。看到我爸爸的厢式货车停在路边时，我甚至还微微笑了一下。

最近每个人都过得不错。

史蒂夫，我的另一个哥哥。

萨拉，我的姐姐。

沃尔夫太太——复原能力超强的沃尔夫太太，我的妈妈，靠打扫别人家和医院维系生计。

鲁布。

爸爸。

还有我。

那天晚上，当我一路往家走的时候，出于某种奇特的原因，我觉得自己内心一片平静。我为我的家人们感到开心，因为他们现在看起来一切顺利。他们所有人都是如此。

一列火车呼啸而过，我仿佛听到上面搭载了整座城市的喧嚣。

火车朝我驶来，然后又如同流水般离我远去。

一切似乎总是像流水一般逝去。

它们靠近你，停留片刻，然后再离开。

那天，那列火车像一位老友，等它呼啸而去后，我感觉自己心中突然受到了某种触动。我独自走在大街上，尽管内心依然平和，但是当那短暂的快乐突然离我而去，忧伤的情绪便缓慢却刻意地将我整个人撕扯开来。城市里的点点灯火照亮了夜空，似乎对我伸出了双臂，但我知道它们永远也无法触碰到我。

我平复了一下思绪，走上通向门廊的台阶。房子里，他们正在讨论突然消失的啤酒变成了啤酒冰块的谜案。事实上，我很期待吃掉我那一份冰块，尽管平时我从来都喝不完一整罐或者一整瓶啤酒。（通常我就是突然就不渴了，但有一次，鲁布跟我讲："我也是啊，老弟，但我还是会继续喝下去。"）把啤酒做成冰块的点子听起来还算有趣，我已经准备好到家以后好好品尝一番了。

"我本来打算回家以后喝掉那罐啤酒的。"

进屋之前，我听到爸爸这样讲。他的语气中略带一丝残暴，他继续说道："到底是谁想出了这么绝妙的点子，把我的啤酒做成冰块？请注意，这可是我最后一罐啤酒啊！到底是哪个家伙的主意？"

对话出现了停顿。

很久的停顿。

一片寂静。

"是我。"终于，当我走进屋子的时候，出现了回答的声音。

唯一的问题在于，是谁回答的？

是鲁布吗？

是奥克塔维亚吗？

不。

是我。

不要问我为什么这么做，我只是不想让奥克塔维亚承受任何来自我父亲克利福德·沃尔夫的打击（当然是语言打击）。也许知道是她干的之后，他并不会那么不友善，但是我可不想冒这个险。让他以为是我干的，这样会好很多。他已经习惯了我的一些荒唐行径。

"我怎么一点都不觉得出乎意料呢？"他一边反问，一边扭过头来看着我。他的手里拿着那些引发整个事件的冰块。

他微微一笑。

相信我，这是件好事。

随后，他大笑起来，说道："行啊，卡梅伦，那你应该不会介意我吃掉你那一份吧？嗯？"

"当然不会了。"在这种情况下，你总是得这样回答，因为你很快就能判断出，你老爸实际上是在问："你是选择让我啃掉这个冰块呢，还是选择让我用一百种不同的方式折磨你呢？"显然，这个时候你得选那张安全牌。

冰块被分到三个人手上，奥克塔维亚和我交换了一个小小的微笑，随后鲁布也和我相视一笑。

鲁布把他杯子里的冰块向我递过来。"要咬一口吗？"他问，但我拒绝了。

我离开房间，临走时听到我父亲说："口感其实还不错。"

这个混蛋。

奥克塔维亚离开以后，又过了一会儿，我和鲁布回到卧室。"你之前跑到哪里去了？"鲁布这样问道。我们躺在各自的床上隔空对话。

"就是在附近走了走。"

"又去格里布区那边了？"

我看着他："你这是什么意思？"

"意思就是，"鲁布叹了口气，"我和奥克塔维亚跟踪过你一回，当时纯粹是出于好奇，然后我们就看到你站在一座房子外面，还一直盯着窗户看。你真是个有点寂寞的小混蛋啊，没说错吧？"

时间仿佛在空气中扭曲变形，我能听到远方车流近乎无声的呼啸，那声音来自很远很远的地方，离卡梅伦·沃尔夫和鲁布·沃尔夫——此刻正讨论着我为什么要站在一个一点都不在乎我的女孩家门外——很远很远。

我咽了一下口水，深吸一口气，准备回答这个问题。

"是啊，我想我就是这样一个人。"

我也没什么别的好说的。没什么能用来当借口。我又等了几秒钟，开始直面事实，让情绪逐渐稳定下来。然后我的防线裂开了一道口子，我又补充道："是那个叫斯蒂芬妮的女孩子。"

"那个小婊子。"鲁布往地上啐了一口。

"我知道，但是——"

"我明白。"鲁布打断了我，"她说了她讨厌你，还骂你是个废物，但不管怎样，你对她有感觉就是有感觉。"

有感觉就是有感觉。

这是鲁布有生以来对我说的最有道理的一句话。随后，一种死一般的沉默笼罩着整个房间。

邻居的后院里传来狗叫声。是米菲，那条可怜的博美犬，我们乐此不疲地讨厌着它，但每周还是会牵着它上街遛上好几回。

"米菲听着有点心烦意乱。"过了一会儿，鲁布说。

"是啊。"我发出短促的笑声。

一个有点寂寞的小混蛋，一个有点寂寞的小混蛋……

鲁布的这句话一直在我体内回响，直到他的字字句句如同锤子一般砸在我的心口上。

后来，我从床上爬起来，坐在了前门廊上。看着车流穿梭不停的影子，我告诉自己，我现在这个样子没什么不好，只要还能有那种"饥饿"的感觉就好。就好像有什么东西在一点一点注入我的体内。是一种我看不到、预见不到、也无法理解的东西。它就在那里，渐渐融入我的血液。

很快，零散的字句突然滑落在我的脑海里。它们跌落在我铺散开来的思绪中，在那里，在思绪的深处，我开始拾起那些只言片语，它们都是我内心最真实想法的碎片。

即便是在深夜，躺在床上，它们依然会唤醒我。

它们将自己烙印在天花板上。

它们将自己深深烙印在我脑海深处一幅幅由记忆组成的画卷上。

第二天早上醒来后，我把那些字句写在了一张皱巴巴的纸上。对我而言，那天早上，整个世界的颜色都改变了。

卡梅伦的话

对于像我这样的人来说，没有什么能毫不费工夫就得到。

这并不是在抱怨什么。

只是一个事实罢了。

现在唯一的问题在于，在我的脑海里，有无数被打散的幻象，那里有许许多多的文字，我正试图将它们一一捕捉，把它们写下来。

把它们变成我为自己写下的文字。

一个我愿意为之拼搏的故事。

于是，一切就这样开始了……

到了晚上，我会在由自己的思绪搭建而成的城市里穿行。穿过一条条大街小巷，走在微微颤动的大楼之间，走在那些如同将双手插在口袋里的弯腰驼背的人一样颓丧的房子中间。

我走在大街上，有时反而觉得是那些街道从我身体中间穿过。我体内的念头如同鲜血奔流。

我行走着。

我意识到一件事。

我要去往何方？我这样问自己。

我在寻找些什么？

尽管如此，我还是继续前行，走向这座城市更深处的某个地方。我仿佛被那个地方所吸引。

穿过一辆辆残破的汽车。

走下灯光昏暗的楼梯。

直到我来到那个地方。

我能感觉得到。

我懂的。

我知道在这座城市的某个暗影憧憧的小巷里，或者是在某条窄窄的后巷里，我自己的本心在那里。

在最深处，有什么在等待着我。

两只闪着光的眼睛。

我吞了下口水。

我的心如擂鼓。

我继续前行，想去探寻那到底是什么⋯⋯

脚步声。

心跳声。

脚步声。

2

　　我的大哥史蒂夫·沃尔夫是那种会被人称作心狠手辣的混蛋的硬汉。他颇有成就。他很聪明，也很坚韧。

　　关于史蒂夫很重要的一点就是，没有什么可以拦得住他。这不仅是他与生俱来的内心特质，还充分暴露在外，让他周身都散发出那种气息。你能闻得出来，也能察觉得到。他的声音冷静自制，身上的每个细胞似乎都在说："你是挡不住我的。"他跟别人讲话的时候倒也很友善，但一旦他们想要跟他耍什么花招，那还是死心算了。只要有人敢算计他，可以拿全部家产打包票，他一定会双倍奉还。史蒂夫永远都不会忘记算计他的人。

　　但我，又是另外一回事。

　　在这方面，我和史蒂夫其实不是同一类人。

　　我总是会四处徘徊。

　　那是我最常做的事。

我觉得这是因为自己没有交太多朋友的缘故，或者说句实话，我压根儿就没有任何朋友。

曾经有一段时间，我无比渴望加入某个小圈子，成为他们的朋友。我希望身边有一群我愿意为之抛洒热血的铁哥们儿。但这种事情从来就没有发生过。再小一点的时候，我有一个叫格雷格的玩伴，他是个还算不错的家伙。事实上，那时我们经常一起行动。后来，我们却渐行渐远，慢慢就失去了联系。我猜人们总是会经历这种事，没什么大不了的。从另一个角度想，我可是沃尔夫大家族里的一员，这就够了。我知道自己会毫不犹豫地为我的任何一个家人奉献自己的热血。

在任何一个地方。

随时随地。

我最好的哥们儿就是鲁布。

史蒂夫就不一样了，他有许多朋友，但他绝对不会为了他们当中的任何人牺牲自己，因为他也不相信他们有谁会为自己献身。从这一点来看，他其实和我一样孤独。

他孤身一人。

我也孤身一人。

只是碰巧他的身边还围着许多人，仅此而已。（当然，这里说的是他那些朋友。）

总之，之所以给你讲这么多，是因为有时候我晚上出门闲逛时，也会走到史蒂夫住的公寓楼，他的公寓离我家大概也就一公里远。

去他家通常是因为我感受到了难以承受的痛苦，以至于我没有办法继续站在那个女孩的家门外凝望。

史蒂夫的公寓在二楼，环境相当舒适，还和一个女孩同居。但她经常不在家，因为她工作的那家公司总是派她出差什么的。我一直觉得她性格很好，因为我每次去找史蒂夫而她刚好也在家的时候，她总是能容忍我。她叫萨尔，双腿很好看。这种优点从来都逃不过我的眼睛。

"嗨，卡姆。"

"嗨，史蒂夫。"

每次我去他家找他，我们碰面的时候都会这么打招呼。

发生啤酒冰块事件的这天晚上也不例外。我在楼下按响了门铃，他在楼上按了按钮放我进楼。我们像往常一样打了招呼。

有意思的是，随着时间的推移，我们可以更好地交流了。第一次到他家时，我们只是坐在那里，喝着黑咖啡，一言不发。我们只是将自己的视线投向咖啡表层不断流转的旋涡，让喉咙麻木，我们就那样一直保持着沉默。我总是觉得，也许史蒂夫对沃尔夫家族的每个人都心怀怨恨，因为他似乎是这个家里唯一的人生赢家，至少在世人眼中是这样。所以，看起来他有充分的理由以我们为耻。不过我一直不确定到底是不是这么一回事。

自从史蒂夫决定再踢一年足球之后，最近几次碰面，我们会一起去一个本地小球场踢球。（更准确地说，是史蒂夫练习射门，我负责把球踢回去。）一般到球场后，他会打开灯，尽管有时候天气格外冷，地上结了一层霜，我们的肺部也填满了冬日冷冽的空气，我们还是会踢很久。如果结束得太晚，他甚至会把我送回家。

他从来不问家里人状况如何，从来没有这样敷衍地问过。史蒂夫只会问一些更具体的问题。

"妈妈还在埋头苦干吗？"

"是啊。"

"爸爸能找到足够的活儿干吗？"

"能。"

"萨拉还是会出去鬼混，喝得烂醉如泥，回家时浑身都是俱乐部、香烟和鸡尾酒的恶臭吗？"

"不，她现在已经不玩那些了。她总是加班工作。她现在状态挺好的。"

"鲁布还是那个亢奋先生吗？一个女孩接着另一个女孩？跟人打了一架又一架？"

"不，现在已经没有人敢与他单挑了。"毫无疑问，鲁布是这一片区打架最厉害的人物。他已经无数次证明了自己。"但关于女孩的那一点你倒是没有说错。"我补充道。

"那当然。"他点了点头。每次到了这个时候气氛总是会变得有点紧张——因为接下来就要问和我有关的问题了。

他有可能问哪些问题呢？

"还是没有找到伙伴吗，卡梅伦？"

"还是完全孤孤单单一个人吗，卡梅伦？"

"还是会在大街上游荡吗，卡梅伦？"

"还是会用双手在床单里面解决问题吗，卡梅伦？"

不。

每一次他都会避开这些，我现在讲述的这个晚上也不例外。

他问道："你呢？"中间又顿了顿，"还在努力活着吗？"

"是啊，"我点点头，"一贯如此。"

之后是更久的沉默，直到我开口问他这个周末要和谁踢球赛。

正如我之前跟你讲的，史蒂夫决定再踢一年足球。本赛季开始的时候，他从前效力的球队就一直恳求他重新归队。他们苦苦哀求，最终劝服了他，从那以后他们队就一直没有在比赛里输过。这就是史蒂夫。

那个周一的夜晚，我依然把那张写满字的废纸装在口袋里，因为我已经决定无论走到哪里都要把它带在身上。那些字留存在那张皱巴巴的纸片上，而我总会时不时拿出来看一眼它们是不是还在。在史蒂夫家的桌旁，有一瞬间，我想象着自己把一切都告诉他会怎样。我能看得见我自己，听得见我自己，感受得到自己在解释这些字是如何让我觉得自己的存在还有意义，以及我这个人还不错的。但我终究什么也没有说。只字未提。即便我心里想的是，我猜每个人有时候都会有同样的渴望。渴望"正常"。渴望"还不错"的状态。眼前的一切如同幻象，仿佛在看着一面镜子，里面的我，别无所需，因为一切已经尽在其中……

把那些文字握在手中，这就是我的感受。

我点了点头。

期待着出现这样的场景。

"怎么了？"史蒂夫问我。

"没什么。"

"那就好。"

电话响了起来。

史蒂夫："你好，哪位？"

电话另一端："啊，是我啊。"

"'我'又是哪个家伙？"

是鲁布。

史蒂夫知道是他。

我也知道是他。

尽管离电话还有好长一段距离，我也知道电话是鲁布打来的，因为他讲话很大声，特别是在打电话的时候。

"卡梅伦在你那儿吗？"

"是啊。"

"你们要去球场吗？"

"也许吧。"就在这时，史蒂夫看了过来，我对他点了点头。"好吧，我们会过去的。"他答道。

"我过十分钟就到。"

"好的，再见。"

"再见。"

事实上，我更希望和史蒂夫两个人去球场。鲁布总是很机灵，不断想出新点子，一直跑来跑去。但我更享受和史蒂夫单独在一起时那种安静中的紧张气氛。我们也许什么都不说——我也许只是把球重重地一脚踢回去，让它在空中划出一道直线，带起的泥土和那种味道会冲上我的胸口，但我爱极了那种感觉，那让我觉得自己在那个时刻属于某种不言自明的真相的一部分。

倒不是说我和鲁布在一起时就没有这样的瞬间。我和鲁布也一起度过了许多美好时光。我想可能是因为和史蒂夫在一起的时候，我得很努力地去争取、创造这样的时刻。如果你想白白得到这些，那恐怕一辈子也等不到这样的机会。就像我之前说的，出于各种原因，史蒂夫变成了这样一个人。

几分钟之后，我们下楼时他说："我身上还因为昨天那场比赛而感到酸痛。昨天我的肋骨至少被猛击了五次。"

有史蒂夫参加的比赛情况都类似：另外一支球队总是会不断将他重重撂倒在地，但他总能重新爬起来。

我们站在大街上，等着鲁布。

"嗨，小伙子们。"

鲁布到达时，因为一路小跑而微微喘着粗气。他那一头浓密且微卷的毛茸茸的头发尽管比以前短了不少，但依然有着致命的吸引力。他只穿了运动衫、裁短了的田径短裤和球鞋。他呼出的空气因为寒冷的天气变成了水雾。

我们继续往前走，史蒂夫还是老样子。他穿着每次去小球场练球都会穿的那条破破烂烂的牛仔裤，上身是件法兰绒衬衫，还穿着运动球鞋。他聚精会神地巡视着面前的小路。他的头发又短又卷，看起来很不好惹的样子。他个头很高，在人群中很扎眼，就是那种任何人都想和他并肩走在大街上的男人。

特别是在城市里。

特别是在黑暗中。

然后该说说我了。

要形容那天晚上的我，也许最好的方式就是再好好看看我这两个哥哥。他们两个都有强大的自控力。鲁布的风格是肆无忌惮，就是那种"不管发生什么事，我都已经准备好了"的姿态。史蒂夫的风格则是"你所做的一切都无法伤我分毫"。

我的表情也和往常没什么不同。我的视线扫过许多事物，但都不会停留太久，最终还是会落在我的双脚上，我只会一直低头看着它们穿过微微倾斜的路面。我的头发都竖了起来，弯弯曲曲，乱成一团。我穿的是和鲁布一样的运动衫（不过我这一件褪色更厉害）、旧牛仔裤、印着涂鸦的外套和鞋子。我告诉自己，尽管我看起来永远也不会像我的兄弟们那么酷，但我也拥有某样宝贝。

我的口袋里有那些文字。

也许那就是我所拥有的独特的东西。

除此之外，我知道自己已经独自在这座城市中走了上千遍，当我走在这一条条街道上时，有比任何人都更加充沛的感情，就好像这座城市就是我，我走在自己的身体上。我很确定就是这么一回事——与其说是一种表象，倒不如说是一种感觉。

来到球场，史蒂夫瞄准、射门。

鲁布瞄准、射门。

我把球给他们踢回去。

史蒂夫射门的时候，球腾空而起，高高打进两根门柱中间。干净、利索，球落下来的时候，重重地砸在了我的胸口上，让我感到一阵钝痛。鲁布的射门就是另外一回事了。它在低空中来回旋转，但总能持续前进。他的球也总能射进球门。每一次都可以。

他们从各个方向练习射门。在球门正前方，在离球门很远的地方，甚至是在球场两侧边线以外。

"嗨，卡姆！"有一次，鲁布大喊起来，"你也过来射一次门呀！"

"不了，老哥，我这样就好。"

但他们还是坚持让我来一次。在离球门二十码远、偏向左侧二十码的地方，我冲向球门，感觉心脏都在战栗。我的脚迈了出去，踢到球上，球被踢出，飞向球门。

它在空中划出一道弧线。

打着转。

然后，它撞在右侧的球门柱上，从草场上滚了出去。

一片沉寂。

史蒂夫先开了口："这一脚踢得不错，卡梅伦。"我们三个人就这样站在沾满露水、仿佛在哭泣的草坪上。

那是八点十五分。

八点半时，鲁布离开了，我又射了七次门。

过了九点半，史蒂夫还站在球门后方，我还是一个球都没有踢进。夜色渐浓，只剩下史蒂夫和我了。

每次我哥哥把球踢回来时，我都会查看他是否流露出一丝一毫埋怨的神色，但他从来没有。我们年纪再小一点的时候，他可能会说我真是没用。无可救药。但是那天晚上，他只是一直把球踢回来，等我再一次射门。

等球终于高高飞起，落入两根门柱之间，史蒂夫接住球，人却还是站在原地。

脸上没有笑容。

也没有点头。

没有做出任何表示认可的举动。

现在还不是时候。

很快，他把球夹在胳膊底下走了过来，在离我大概十码远的时候，他用那种眼神看了我一眼。

他看我的眼神发生了变化。

他的激动之色溢于言表。

然后，我见到了那个表情。

我从没见过哪个人的面孔会如此颤抖。

充满了自豪与骄傲。

狗，进场

我又靠近了一些，靠近了我之前在自己体内发现的那双眼睛。

这座城市冰冷漆黑。

这条小巷充斥着一种麻木感。

天幕低垂。这黑暗、深邃的天空。

我来到这儿，大约离我五码远的地方，一只不知道是什么的动物在死死瞪着我。我调整了一下视线，看清了它的全貌，它整个身体趴在地上。

我看到了那双眼睛。

那身粗糙、凌乱、仿佛锈住了一样的毛皮。

喘着粗气。

嘴里吐出的气形成水雾。

慢慢地，我靠得更近了一些。

太近了。

我靠得太近，狗的整个身子都弓了起来，它充满警惕地看着我。它虽然低着头，但随时都准备纵身一跳。

它经过我旁边，但又停下来回头看我。

"怎么了？"我问。

我知道它的意思。

它是让我跟着它。

慢慢地，它带我穿过一条条街道，退回到小球场。它的步伐我只能用踉踉跄跄的优雅来形容。

然后。

那块空地上有一个位置。

在沾满露水的空地上。

它停了下来，坐在那里，我们仿佛置身于一座死城之中。

我喜欢它的眼睛。

那对眼睛里充满渴望。

3

死同性恋。娘炮。手淫犯。

这些是我们这一带经常用的侮辱人的词汇，当有人想教训你一顿，让你滚远一点，或者单纯想要羞辱你时就会用这些词。还有，如果你的行为举止流露出你和住在附近的普通人有所不同的迹象的话，他们也会这样称呼你。你如果不小心得罪了某人而对方又不知道该说些什么的时候，他也会冲你喊这些词。据我所知，所有地方都是这样，但是我确实没法代表其他地方表态。我真正了解的地方只有这里。

这座城市。

这些街道。

很快你就会明白我为什么提起这一点了……

那个星期的礼拜四，我决定出门去剪头发。假如你的头发和我的一样，也像钢针似的一直顽固地竖在头顶，你就会明白，这是个相当危险的决定。你只能暗自祈祷一切不会变成一场悲剧。你会希望理发师不要忽视你的所有指示，把你的脑袋糟蹋得惨不忍睹，但你也知道，希望渺茫。这是你不得不冒的风险。

"你——好啊，小伙子。"我走进城市深处某个角落的理发店，那里的理发师跟我打了个招呼。"找个地方坐下吧，我马上就好了。"

在那个脏兮兮的等候区，摆了好长一排各种各样的杂志，但从杂志上标注的刊发日期可以判断出它们放在这儿好多年了。里面有《时代周刊》，《滚石杂志》，一些关于钓鱼的杂志，《人物周刊》，几本电脑杂志，《黑白摄影》，《冲浪人生》，必然还有大家最爱的《体坛内幕》。当然，《体坛内幕》杂志最夺人眼球的不是体育新闻，而是封面那些几乎一丝不挂的女人。她们总是体态健美，眼中充满欲望。她们的泳装大胆迷人，修长的双腿晒成古铜色，显得格外优雅。她们有一对丰胸，你会幻想自己用双手去触碰爱抚它们。（抱歉，但事实确实如此。）她们的丰臀格外妖娆，还有金色的平坦小腹，以及你忍不住想象自己会去吮吸亲吻的修长脖颈。她们的嘴唇丰润，充满渴望。那双眸子似乎在说："快来占有我。"

她们总是那么光彩夺目。

十分迷人。

你也会提醒自己，《体坛内幕》里有很多写得相当不错的报道，但你知道这是在自欺欺人。显而易见，杂志里的确有写得好的文章，但毫无疑问，这些文章不是你拿起这本杂志的理由。总是为了那个封面女郎。一贯如此。在这一点上你得相信我。

所以，理所当然，我向四周看了一圈，确认没人看到我之后，迅速拿起了一本《体坛内幕》，飞快地打开，假装一页页翻看是否有写得好的报道。但其实我（大概你想到了）是在找那个女人到底还出现在了哪一页上。

第七十六页。

"好了，小伙子。"理发师喊我。

"在喊我吗？"

"这里可没有别人在排队，难道还能是别人吗？"

是啊，但是，我无助地想着，我还没来得及翻到第七十六页呢！

挣扎是徒劳的。

理发师已经准备好了，如果说这个世界上有一个你绝对不想让他一直浪费时间干等你的人，恐怕就是这个即将在你头上动剪子的男人了。他无所不能。事实上，还不如说此刻他就是你的上帝。他现在拥有的力量就是如此强大。只不过在理发师培训学校待了几个月，在你人生接下来的十到十五分钟内，他就变成了对你来说最重要的男人。黄金法则：不要惹恼他，不然绝对要付出血的代价。

很快，我就把杂志扔回桌子上，封面朝下，这样理发师就不会一下子发现我是个变态了。他得等到清理桌面的时候才能发现这件事。

我坐到椅子上（这椅子感觉像电椅一样危险），开始考虑封面女郎事件的全过程。

"要剪很短吗？"理发师问我。

"不了，拜托，不要剪得太短。我只是希望能够有一个整齐的发型，让头发不要总是乱蓬蓬地竖起来。"

"说起来容易做起来难啊，是这样吧？"

"是啊。"

我们交换了一个友好的眼神，于是面对着即将在我头上冲锋陷阵的剪刀、转椅和理发师，我变得稍稍轻松了一些。

他开始理发，像我一分钟之前说过的那样，我又开始回顾封面女郎事件。关于这件事，我的理论和过去一样，我觉得自己明显是在渴望女人的肉体。但是，我也发自内心相信我的这种对于女孩肉体的渴望只存在于我灵魂的表层，而在我灵魂更深处，还有一种更强烈的渴望，希望去讨好她、善待她，最终沉溺在她的灵魂中。

我真的是这样想的。

千真万确。

不过，我还是得终止我的思考，开始和理发师聊天。这是理发店的又一条不成文的规矩。如果你和给你剪头发的那个家伙聊天，他对你产生了好感，也许他就不会搞砸你的发型。不管怎么说你肯定是这样希望的。倒不是说你的发型会让你突然看起来容光焕发，但是可能会有点辅助作用，所以你得试着好好聊天。在理发店这个世界里，没有什么是敢打包票的。不管怎么看，理发都是在进行一场赌博。我必须现在就开始讲话，而且要迅速切入主题。

"那，最近生意如何？"我问。此刻，理发师正拿着剪刀，在我浓密的头发丛中开疆辟土。

"啊，你也懂的，小伙子。"他停了下来，对着镜子里的我微笑了一下。"这里赚一点，那里赚一点，维持生计，差不多就是这样。"

之后我们又聊了好一会儿，理发师跟我说他在这座城市已经干了很多年，这些年人们的变化很大。他说的每句话我都表示赞同，有时冒着风险点点头，有时温和地说一句"是啊，差不多就是这么一回事"。说实话，他这个人还不错。块头很大。体毛不算少。声音有些沙哑。

我问他是不是就住在理发店楼上，他说："是的，过去二十五年一直住在那里。"在这之后我有一点可怜他，因为我想象出了他从来不去别的地方、一个人无所事事的样子。只有剪头发这一件事可做。一个人吃晚饭，也许吃的还是用微波炉加热的速食便当。（不过就算这样，和妈妈煮出来的晚饭相比估计也不会差太多，老天保佑她吧。）

"你介不介意我问一下，你是否结过婚？"我问他。

"当然不会介意了。"他回答道，"我有一个老婆，但是她几年前过世了。我每个周末都会去墓地看看，但是我不会带鲜花去。我也不会跟她说话。"他微微叹了口气，神态十分诚恳、真挚。"我更愿意让自己觉得，她还活着的时候我已经跟她聊得足够多了。你明白吗？"

我点了点头。

"人死了之后再做什么都于事无补。得在她还活着、你们还在一起的时候去做那些事。"

他几分钟之前就停下了手里的动作，所以我可以尽情点头表示赞同。我问他："那你到了墓地，站在她的墓碑前，都会做些什么呢？"

他微笑起来："只需要回忆就够了。"

这样倒是很不错，我想，但是嘴上没有说出来。我只是对着镜子里站在我身后的那个人微微一笑。我脑海中浮现出一个画面，一个块头很大、毛发浓密的男人站在那块墓地前，意识到自己从前已经付出了全部。我还想象着在一个漆黑昏暗的日子里，我和他一起站在那儿。他穿着理发师的白色工作服。我穿着平常穿的便服：牛仔裤，法兰绒衬衫，印着涂鸦的外套。

"怎么样？"幻象里的他转过身对我说。

"怎么样？"他在理发店里问我。

我回过神来，回到现实中，说了句"好啊，多谢了，看起来不错"。我知道四十八小时之内我的头发又会顽强地竖起来，但我还是很开心，并不仅仅是因为这个发型，也是为了这次对话。

被剪落的碎发在我脚边聚成一团，我付了十二美元，再次说道："真是多谢了，和你聊天很开心。"

"我也是。"毛发浓密的大块头理发师露出微笑，我突然因为杂志的事而感到一丝羞愧。我只希望他会懂得我的灵魂也有不同的层次。毕竟，他可是个理发师啊。人们总觉得理发师、出租车司机以及令人不爽的电台点评员一样，都是懂得如何管理国家的。我又一次谢过他，并和他告了别。

走出理发店，才下午三点左右，所以，为何不呢？我告诉自己，既然这样我干脆去格里布区那边走走吧。

不需要多说什么了。我走到了那里，站在那个女孩家门外。

斯蒂芬妮。

这里和别的地方一样，可以清楚地看到太阳渐渐落到城市后面。过了一会儿，我靠着墙坐了下来，又开始想那个理发师的事情。

整件事里面最重要的一点是，他和我真的是在做相似的事情，只不过顺序刚好颠倒过来。他在回忆。我在期待。（我承认，我充满希望，那几乎是一种荒谬到不可能实现的情绪。）

等到天黑下来，我觉得最好还是回家吃晚饭。我猜晚饭是之前吃剩下的牛排，还有完全煮烂了的蔬菜。

我站起身。

我把双手插进口袋里。

然后我像往常一样，先是四处张望，期待着什么，最后才往家走。

真可悲，我知道，但我想这就是我的人生了。没有否认的必要。

我离开的时间比预想中迟，所以我决定搭乘公交车返回我家所在的街区。

来到公交车站，还有几个人也在等车。有一个手里拎着公文包的男人，一个一根接一根抽烟的女人，一个看起来像是工人或者木匠的小伙子，还有一对情侣，一边等车一边依偎在一起亲吻。

我没控制住自己。

我看着他们。

当然不是明目张胆地盯着他们看，只是快速地往那边瞥了一眼又一眼。

真该死。

我被发现了。

"你这家伙在看什么？"那个男人冲我喊了起来，"你就没别的事情干了吗？"

一言不发。

这就是我的回应。

完全没有任何反应。

"说啊？"

还是一言不发。

然后那个女孩子也开始骂我。

"为什么你不去换个人盯着看呢，你这个变态。"她有一头金发，在街灯下，一对碧绿的双眸仿佛深陷在眼窝里，她的声音听起来像一把钝刀，而她现在就在用这把钝刀攻击我。"你这个手淫犯。"

经典的辱骂。

在这附近，你经常会被人这样骂，但是这一次，我还是受到了伤害。我猜之所以有受伤的感觉，是因为这次是一个女孩子这样骂我。我也不知道。从某种意义上讲，事情进展到这一步实在是令人沮丧。我们甚至都不能平和地站在一起等公交车。

我知道，我知道。我应该冲他们骂回去，干脆痛快地骂出来。但是我没有。我做不到。沃尔夫家有些人就可以。我只是最后又偷看了他们一次，看看他们是不是还要再羞辱我一次。

那个男人也是一头金发。不高不矮的个子，穿着深色的裤子、靴子和黑色夹克衫，嘴里发出一声冷笑。

与此同时，拿着公文包的男人抬手看了看手表。抽烟的女人又点燃了一根烟。那个工人把身子的重心从一只脚换到另一只脚上。

没有人再说些什么，当公交车到了的时候，每个人都往车上挤，我是最后一个。

"抱歉。"

等我挤上车准备买票时，司机告诉我车票涨价了，我是买不起这趟车的车票的。

我走下车，苦笑了一下，站在原地。

公交车上还有很多空座位。

我开始走路回家，公交车扬长而去，很快消失在大街的另一头。无数念头涌上心头：

——多晚才能吃到晚饭？

——会不会有人问我到底去哪儿了？

——这个礼拜六爸爸会不会让鲁布和我一起帮他工作？

——会不会有那么一天，那个叫斯蒂芬妮的女孩会从家里出来见我（如果她知道我一直站在那里的话）？

——再过多久鲁布会甩掉奥克塔维亚？

——史蒂夫会不会也和我一样时常想起那个礼拜一我们交换过的那个眼神？

——我的姐姐萨拉最近过得怎么样？（我们有一阵子没有讲过话了。）

——妈妈有没有对我失望过？她到底知不知道我现在变成了一个如此孤独的人？

——那个理发师回到理发店楼上的房间时会是什么心情？

我先是走着，然后开始跑了起来，就在这时，我意识到自己对那一对将我辱骂一番的情侣甚至没有痛恨的情绪。我知道我应该讨厌他们，但是我没有。有时候我觉得自己应该像条野狗一样，再多一点兽性。

坟场

我们继续前行，但是那条狗一直和我保持着距离。没有对话。没有提问。

它带我离开，来到城外，奔向一片最初让人觉得充满邪恶气息的黑暗之地。但当我们渐渐靠近，才意识到我们正在靠近的并不是什么邪恶的东西。是死亡本身。

就是那种温和的死亡气息，耐心十足。

我们停在像被木炭涂黑了的夜幕下，我知道这里就是这个世界的坟场。这里承载着所有活过又死去的亡灵，也承载着所有即将出生又走向死亡的新生命。我们都在这里。我们每一个人。

那条狗停了下来。

它的脑袋低垂下去。

它的头总是低垂着。几乎要耷拉到地上。

目光所及之处全都是坟墓——无穷无尽的死亡。

我们穿过墓地，直到那条狗看到还有另外一个人站在一块墓碑前。

她手里没有捧着花，也没有拿着什么写满字的纸片。

只是一个人，陷入回忆之中。

她看到了我们，又最后看了一眼墓碑，随后转身离去。

我们向前走去。

低着头，走到她之前驻足的地方。

等我们走到那里，我看了看墓碑上的名字。上面写着我无法破解的秘文和我读不懂的日期。

我只能念出那个名字：

卡梅伦·沃尔夫。

我希望这是真的。

4

"这条狗真让人尴尬。"鲁布说。我知道有些事情是永远不会改变的。它们只会悄无声息地离开，又悄无声息地返回。

在经历了公交车站事件之后，我终于回到家。吃过晚饭，鲁布和我带着邻居家的侏儒小狗米菲按时到大街上遛弯。像往常一样，我们把帽衫的帽子低低地压在头上，这样就没有人可以认出我们了，因为用鲁布的话来说，米菲长得让人看一眼就大惊失色。

"等基思要换狗的时候，"他建议道，"我们应该告诉他让他买一条罗威纳犬，或者杜宾犬。至少是一种别人在大街上看到时不会觉得吃惊的品种。"

我们在一个十字路口停了下来。

鲁布弯腰靠近米菲。

他用一种过于友好亲密的语气说道："你可真是个丑八怪啊，米菲，你这个小混蛋，你说是不是？当然是了，你太丑了，你自己也意识到了吧。"米菲舔了舔嘴，喘起了粗气，听上去好像挺开心。真不知道它如果听懂了鲁布对它的羞辱会有什么样的反应。我们一起穿过马路。

我拖着双脚向前走。

鲁布从容地慢慢踱步。

米菲昂首阔步，它的项圈配合着它的喘息响个不停。

我低头看着它，突然意识到它的身体看上去小得像只老鼠，但它浑身的毛只能用"多得惊人"来形容。就好像它在一个甩干机里面转了几千圈。问题是，尽管有这样那样的毛病，我们还是深爱着这条狗。那天晚上，等我们回到家，我还给了它一块萨拉晚上没有吃完的牛排。但很不幸，这块牛排对于米菲可怜的小牙齿来说太硬了，它差点被噎死。

"真是见鬼，卡姆。"鲁布大笑起来，"你想要对这个可怜的小混蛋做什么啊？它都快被噎死了。"

"我还以为不会有事。"

"不会有事才怪。看看它那个样子。"他指了指小狗。"你看看它现在的样子！"

"那我该怎么办？"我问道。

鲁布想到了一个点子。"也许你应该把那块肉从它嘴里面捞出来，自己嚼碎了之后再给它。"

"什么？"我看了看他，"你想让我把那玩意儿放进自己的嘴里？"

"没错。"

"也许你应该自己试试。"

"绝对没门儿。"

所以说到底，我们还是让米菲噎了一会儿。归根结底它的状况看上去没那么严重。

"这件事会改变它的性格的。"鲁布表示，"没有什么比使劲噎上一回更能让一条狗坚强起来了。"我们一直紧张地盯着米菲，直到它最终把那块牛排咽了下去。

等它吃完牛排，我们也确认了它没有被这块牛排噎个半死之后，我们把它送回了家。

"我们直接把它扔到围墙里面就行了。"鲁布嘴上这么说着，但我们都知道自己做不出这种事。冷眼旁观一条狗噎个半死和直接把它从墙的这一边丢到另一边还是有区别的。况且，我们的邻居基思一定会给我们找不痛快的。基思这个人，有时候会让人很不舒服，特别是涉及他养的这条狗的时候。你绝对想不到这样一个强硬派的男人居然会养这么一条毛茸茸的小狗，不过我很确定他会把责任推到他老婆身上。

"这是我老婆养的狗。"我能想象得出他在酒吧里是如何跟那些男人说这件事的。"我很幸运，我隔壁住的两个白痴一样的小伙子会帮我遛狗——他们的老母亲逼着他们这么做。"基思虽然是个粗鲁的家伙，但其实还不算坏。

说到硬汉，我们的爸爸这个礼拜六确实需要我们去搭把手。最近这段时间他给我们支付兼职工资时相当慷慨，他自己也总是乐呵呵的。之前跟你们说过，前段时间，当他还在千辛万苦找活儿干的时候，整个人都垂头丧气的，但这一阵子，和他在一起干活儿很愉快。有的时候该吃午饭了，我们会一起去吃炸鱼和薯条，还会在爸爸那个小小的、脏兮兮的红色便携冷藏箱上打牌，但这样做的前提是我们已经累死累活地干了很久。克利夫①就是喜欢卖命地干活儿，但说句实在话，我和鲁布也是这种人。同时，我们也痴迷于炸鱼薯条和扑克牌游戏，虽然一起玩的时候赢的总是我们的老爸。不是他直接获胜，就是因为一局游戏时间太长，他强行将其终止。有些事情是没办法与其抗争的。

我之前没有提到的是，鲁布现在手头还有另外一份工作。他去年从学校毕业，尽管毕业考试成绩烂到不行，他还是在一个工头那里找到了一份学徒的工作。

我还记得他收到成绩单时的样子。

他在我们家门口那根歪歪斜斜的破旧门柱旁打开了那个信封。

"结果怎么样？"我问他。

"是这样的，卡姆，"他微笑起来，似乎对自己非常满意，"我只需要用两个词来进行总结。第一个词是'彻彻底底'，第二个词是'烂得像屎'。"

尽管如此，他还是拿到了一份工作。

对他来说，就这么简单。

---

① 克利福德的昵称。

这就是鲁布。

他本来不需要在礼拜六帮我们老爸干活儿的，但是出于某种原因，他还是来了。也许是为了表示尊重。爸爸开口问了，鲁布就答应了。也许他不想让别人觉得他是个懒汉。我也不知道是因为什么。

不管是出于什么考虑，那个周末，我们都去帮老克利夫干活儿了，他很早就把我们叫醒了，天都还没亮呢。

我们等着爸爸从卫生间里面出来（他用完的卫生间总是糟糕透顶，味道也难闻极了），鲁布和我决定先把扑克牌拿出来。

鲁布在厨房的餐桌上洗牌，我回想起几个礼拜前发生的一件事，那天吃早饭的时候我们玩了一局。那本来是个不错的点子，但是也不知道是怎么搞的，我把玉米片全撒到了纸牌上，可能因为我当时还没有完全睡醒。即便到了今天，我扔出来的一张纸牌上还粘了一大块已经干掉的玉米片。

鲁布把那张牌拿了起来。

仔细检查了一番。

"嗯哼。"

我说："我知道。"

"你真是太可悲了。"

"我知道。"我只能表示赞同。

卫生间传出马桶冲水的声音，爸爸从里面走了出来。

"我们可以走了吗？"

我们点点头，把纸牌都收了起来。

工作的时候，鲁布和我用力挖掘，一边聊天一边大笑。我承认，鲁布很懂得如何把别人逗笑。他给我讲了一个前任女友的故事，她总是喜欢啃他的耳朵。

"到最后，我只好给她买了那种该死的咀嚼片，不然我的耳朵可能都要被她啃掉了。"

奥克塔维亚，我在心中默念。

我猜想着几个礼拜之后，当这段感情冷却，彻底被他抛之脑后，他会告诉我关于她的什么故事。她那对充满探寻的眼睛，乱蓬蓬的头发，修长的双腿和迷人的玉足。我猜想着他都会透露她的哪些怪癖。也许他们一起看电影的时候她会坚持让他抚摸她的大腿，又或者，她喜欢在他的手心里转动自己的手指。我不知道。

一切发生得很突然。

我就这样说了出来。

我问了出来。

"鲁布？"

"怎么了？"

他停下了手里的挖掘工作，抬起头来看我。

"你和奥克塔维亚还会在一起多久？"

"一个礼拜，或者两个礼拜。"

我没什么别的好说了，于是继续挖起土来，白天的时光就这样一晃而过。

到了午饭时间，炸鱼油乎乎的，但是味道好极了。

薯条上面撒了盐，沾满了醋汁。

我们吃饭的时候，爸爸在翻看报纸，鲁布拿出电视指南，我则在脑海中写下更多的文字。我们没有打牌。

那天晚上，妈妈问我学校里是否一切都好，于是我的思绪又飘回之前的那条轨道上，这周我一直在想，她是不是觉得我有些令人失望了。我告诉她一切都还好。有那么一瞬间，我的内心在挣扎，在想我到底要不要告诉某个人我写下了那些文字，但我不能这么做。某种意义上说，我为此感到羞愧，尽管我现在写下的这些文字是唯一让我感到安慰的东西。我没有对任何人讲起这些事。

我们一起赶在晚餐的残渣凝固在桌面上之前清理餐桌，她告诉我她最近在读的一本书叫作《我的兄弟杰克》。她说这本书讲的是兄弟两个人的故事，其中的一个长大之后对自己曾经的生活方式和做出的人生选择很后悔。

"你总有一天也会长大的。"这是她的倒数第二句话。"但是也不要对自己太苛刻了。"这是她的最后一句话。

她离开之后，我一个人站在厨房里，我能看出妈妈有多么聪慧。不是智商高的那种聪明，也不是什么其他独特的智慧，但她确实很聪慧。因为她坚持本心，哪怕是逐渐苍老的双眼周围的鱼尾纹都带着一丝善良的光芒。这就是让她如此聪慧的原因。

"嗨，卡梅伦。"过了一会儿，我姐姐萨拉过来和我打招呼。"你明天想去看史蒂夫的比赛吗？"

"好啊。"我回答道。反正我也没有别的更好的事情做。

"很好。"

礼拜天，史蒂夫像往常一样要参加球赛，但不是在本地踢主场，而是在马鲁布拉区那边。只有我和萨拉去看了球赛。我们先去了他的公寓，然后他开车拉着我们去了现场。

在那场球赛上发生了一件大事。

善良的颜色

我们从坟场走回城市，此刻夜晚才刚刚拉开序幕。

我们踉踉跄跄地前行，我心里想着善良的颜色，突然意识到那种颜色和光影并不只涂在某个人的表面。它们深深烙印在这个人的体内。

狗瞥了我一眼。

它知道我的想法。

很快，它又一次停下脚步，我们站在一座高耸入云的大楼下面。

大楼入口是玻璃门，好像深色的镜子。我们站在门口。

狗叫了几声。

一种不屑、深沉的犬吠，让我不由盯着玻璃门上自己的倒影。我不得不这么做。

我直直地看着映在玻璃上的自己，从里面看到了笨拙、疑虑和渴望的颜色。

有生以来第一次，我没有像往常一样耸耸肩，把这一切抛之脑后。

我走进大楼，准备感受那种颜色的力量。

我做好了准备。

迎难而上。

5

　　去找史蒂夫的路上，我一直在心里琢磨我姐姐萨拉这辈子到底打算做什么。她走在我身旁，大多数经过我们身边的男人都会多看她几眼。还有很多人已经走过去了还要转过头来，又一次打量她的身体。似乎对于他们来说，身材就是她的全部。这种想法让我感到有些恶心（可我又不能说出来），我真的希望她这辈子别过上那种外表代表了一切的人生。

　　"真是些令人作呕的变态。"她说。

　　这给了我希望。

　　问题是，我觉得我们都是变态。所有的男人都是如此。所有的女人也不例外。所有像我这样嘴里嘟嘟嚷嚷的小混蛋也都是这样。想象我的父亲或者母亲是变态是件很搞笑的事。但是在他们灵魂的某个缝隙，在那个裂开的地方，我猜他们曾经也失足过，甚至沉溺其中过。至于我，我觉得我有的时候就住在变态大本营里。也许我们所有人都是如此。如果我的人生中有任何美丽的瞬间，也许就是爬出那个变态大本营的时刻。

像往常一样，我们到了公寓楼下，史蒂夫很快就走下楼来。前一秒他还在阳台上低头看我们，下一秒他就走到了我们身边，手里拿着车钥匙。史蒂夫还从来没有迟到过。

他用穿着靴子的脚踩下油门，我们驶向球场。

我们选了克利夫兰路，即便是礼拜天，这条路也很堵。史蒂夫开车的时候从来不开车载广播。有的时候行人会冲到他的车前，公交车也会刚好停到他的前面，但这些都不会让他有情绪波动。他从来不会按喇叭或大喊大叫，对史蒂夫来说，这些都是寻常的事。

对于我来说，那天去马鲁布拉球场看球是件好事。看史蒂夫踢球总是很有意思。写作不仅能让我看到事情的不同之处，还让我产生了强烈的好奇心。我想看看人们行动和说话的方式，以及其他人的回应。史蒂夫是一个很值得观察的人物。

球场周围用绳子连成了一道围栏，我和萨拉站在围栏后面，我能看到史蒂夫走向他的队友。每个人都朝他看过来，并和他简短交谈。只有一两个人和他聊得久了点儿。他站在那群人的边上，我能看出他与他们并不亲近。与他们所有人都不亲近。尽管如此，他们还是喜欢他。他们尊重他。如果他愿意，他完全可以和他们一起开怀大笑，并成为那个人人都屏息聆听的主角。

但是在这里，成为聊天的主角不是什么了不起的事。

对于史蒂夫来说不值一提。

在比赛过程中，他想要拿到球，他就能拿到球。这才是关键。当局势真正胶着时，史蒂夫就会出马。在一些比较轻松的比赛里，他会让其他队友出头，但只要是困难的局面，史蒂夫就会冲在最前面，哪怕是孤军奋战。

他们做好了准备，两边的球员更衣室里都传出一阵阵的呼喊打气声。史蒂夫是他们这一队的队长，跟我想的一样，他在球场上的话明显比平时多。他从来不大喊大叫。我只是经常看到他提醒别的队员或者交代对方该怎么行动。每个人都在认真聆听。

下午三点钟，比赛开始。

观众不少，大部分人要么喝着啤酒，要么吃着派，还有些人边吃边喝。大多数人都在大喊大叫，经常有食物残渣或者唾沫星子从他们嘴里喷出来。

像往常的比赛一样，刚开局没几分钟就发生了一场小规模斗殴，但史蒂夫避开了这场纷争。刚开始是有个家伙跳起来，冲着他的喉咙打了一拳，于是所有人都跑了过来。各方拳头挥舞，有的打到皮肤上，有的撞到别人的牙齿上。

史蒂夫只是站起身来，走到一边。

他蹲了下去。

他朝地上啐了一口。

然后他站起来，接受了判罚，跑得比刚才又快了一倍。

他们不断地喊着他的名字。

"沃尔夫，小心。"

每一次对方都会派出好几名球员盯防他，一直想弄伤他。

每一次史蒂夫都会原地爬起，继续向前冲。

看着史蒂夫多次从人墙中穿过，并把球传给其他队友射门，萨拉和我情不自禁地微笑起来。上半场结束的时候，他所在的球队已经遥遥领先。但是直到下半场快结束的时候这一天的重要性才真正显现出来。

天空变成了浓重的深灰色，好像马上要下起雨来。

人们因为突然变冷而缩成一团。

一阵湿润的寒风从空中刮过。

我们身后有小孩子在踢球并追着球跑，他们的嘴边还沾着番茄酱，膝盖上还留着上次摔倒时留下的疤。

史蒂夫正在离中场相当远的地方瞄准射门，都已经站到了另一支球队的球迷身旁。

他们大声嘲笑他。

咒骂他。

说他就是个废物。

他往前冲，正准备射门的时候，一罐啤酒从观众席飞到了他的脑袋上。啤酒四处溅开，啤酒罐砸在了我哥哥的侧脸上。

他停了下来。

腿正迈出去一半。

他愣住了。

随后，他弯下腰，捡起那个啤酒罐，认真研究起来。他转过身，面对着啤酒飞来的方向，那群人几乎马上就安静了。他再也没有多看他们一眼，而是轻轻地把啤酒罐放在不碍事的地方，然后再一次瞄准。

人们看着史蒂夫往前冲刺，大力射门。

球腾空而起，在门柱之间呼啸而过，史蒂夫又一次转过头看着身边的观众。他盯了他们好几秒，然后才跑回到赛场上，那个半满的啤酒罐仍在原地，仿佛是被谁心不在焉地丢弃在了边线旁。

我一直看着，直到这场意外收尾，我注意到史蒂夫的凝视中没有一点点生气的意思。如果非要说什么的话，他甚至可以说是饶有兴致。他本可以做任何他想做的事，对那群人说什么都可以。他本可以冲着他们吐口水，或者把啤酒罐扔回去。

但是这种还击手段他们也可以轻轻松松做到。

但是，他们绝对不可能走到球场上，瞄准射门，正中球门正中央，然后再瞪向人群，眼神仿佛在说："怎么样？你们还能把我怎么样？"

这就是他打败他们的方式。

这就是他获胜的方式。

他做了唯一一件他们任何人都做不到的事。

当我意识到这个事实的时候，便微笑了起来。后来我甚至开始大笑，萨拉也跟着我大笑起来。整个球场只有我们两个人在放声大笑。对于其他人而言，比赛还在继续。

比赛继续进行，大雨迟迟未落，史蒂夫所在的球队最后以大比分获胜。

等到球赛结束，他跟大家告别，说自己也许会和其他选手一起去喝一杯，但是所有人都知道他不会去的。他们知道。他自己知道。我也知道。我们会一起回家。

回家的路上，车里比往常还要安静几分，我不知道史蒂夫和萨拉是怎么想的，但是我一直忍不住想着那罐朝他丢过来的啤酒罐。我仿佛仍然可以看到球势如破竹地冲进球门，以及在那之后史蒂夫那满怀深意的凝视。哪怕萨拉的手搭在仪表盘上，随着车载广播哼起了歌曲，在我的脑海里，刚才那一幕依然不断浮现。他开着车，脸上是同一副表情，但很奇怪的是，我觉得史蒂夫也在想那件事。我甚至盼着他突然微笑起来，但他一直没露出笑容。

事实上，我们一路上都很安静，直到史蒂夫把我们送回家。

"谢了。"萨拉说。

"没什么。谢谢你们来看比赛。"

我正准备下车，史蒂夫叫住了我。

"卡姆？"他喊道，我停下动作。

"怎么了？"

他看着后视镜，这样一来，他讲话的时候我就可以看着他的眼睛。

"稍微等一下。"

之前从来没出现过这种情况，所以我也不知道接下来会发生什么。他会告诉我当时那个眼神的意义吗，还是会告诉我让那些人看起来那么愚蠢是一种什么样的感觉？又或者，他会不会给我一些建议，告诉我怎样才能成为一个赢家？

当然不是了。

至少不像我心里想的这样。

他开口讲话的时候眼神温柔真诚，史蒂夫·沃尔夫能让我有这种印象实在是件很奇怪的事。

他说："我在你这么大的时候，有四个家伙经常把我揍个半死。他们会把我带到各种建筑物的后面暴揍一顿，而我从来都不知道为什么挨打。"他顿了一顿，但是并没有显示出什么情绪波动。他并不是想要告诉我什么催泪又励志的故事，比如说其他的孩子多么讨厌他，所以他才变成了现在这个样子。他只是想给我讲这件事。"当时我躺在那里，整个人蜷成一团，我发誓要让他们每个人都因为今天对我所做的事付出相应的代价。我在脑海中把整件事过了一遍又一遍，想着我到底能做什么。每天早上、每天晚上都在想。等我终于准备好了，我就一个一个找到他们，把他们打得头破血流。等我打倒了其中的三个人，最后一个人试图与我和解。"他的眼神变得犀利了一些，似乎记起了当时的情景。"但是我仍旧好好揍了他一顿，甚至比打另外三个人的时候更狠。"

他停了下来。

他结束了讲话，我还在等着他往下讲，却突然意识到他已经说完了，于是我对着哥哥点了点头。

对着后视镜里他的双眼点了点头。

有一瞬间，我心中暗想，他为什么要给我讲这个？

他看上去既不骄傲，也没有特别高兴。可能和之前一样，脸上只是微微露出满足的神情。又或许他只是很高兴能告诉某个人这件事，因为他看上去不像是跟很多人讲过这个故事的样子。但像往常一样，我也不确定到底是不是这么一回事。

最后，我走下车子，但我心里在想，是不是真的有人了解我的哥哥。我在想萨尔是否真正了解他。

我只确定那天史蒂夫和我聊了之后，那感觉还挺好。

不，应该说感觉非常好。

我冲他挥了挥手，但他已经开出去老远。我回到家时，奥克塔维亚正坐在我家的厨房里。

但是鲁布没在家。

他们的关系差不多该结束了。

她看起来美极了。

巷子里的男孩

在这座由我的思绪组成的城市里，一定有上千条小巷。

到处都是漆黑的巷子。

每条巷子里，都有人在打架，他们把彼此击倒，并且对已经倒下的人继续拳打脚踢。

经过他们每个人身边时，我们都观察着，有些人被击倒后就再也爬不起来，另外一些人却还会站起来继续战斗……

最终，我们走到一条空荡荡的巷子里。小巷孤零零的，一副满不在乎的样子。一阵微风轻轻刮过地面。它对地面上被丢弃的垃圾低语，然后将它们卷到空中，推着它们向前行进。

就像我刚才一样。

现在也是如此。

我被这条狗推着前进。

一群年轻男子走进这条小巷，它偷偷摸摸地藏到一边。

他们朝我走了过来，没有人讲话，只能听到脚步声。他们很快就将我摔倒在地。他们对我拳打脚踢，先是打脸，然后开始攻击我的全身。

我的肋骨咔嚓作响。

我的心脏在努力克制着不从胸腔里一跃而出。

我看向那条狗，乞求它过来帮我，但是它并没有。

帮我的人已经在现场了。

这群攻击者的双手、双脚、呼吸沉重的嗓音都给了我帮助。他们准备离开，踩着我的身子迈了过去。他们走出小巷，好像一切从未发生过一样。

我的热血涌流。

马路冰冷彻骨。

狗出现在我身体上方，低头看我。它让我想起其他那些在巷子里被打倒了的人。所有获胜的人。所有打架斗殴的人。所有被打败的人。所有拒绝被打倒的人。

它等待着。

它仔细观察着我。

虽然花了一点时间，但我还是重新站了起来。

我看着它——必须要做出一个决定。

有一种渴望在我体内穿过。

将我整个人填满。

又溢了出来。

它点燃了我双眼中的火苗，我抬起头，目光穿过整条巷子。考虑良久之后，我开始抛却堆积的痛苦。去选择，并且知晓这种选择的意义。

要告诉那条狗，我要战斗。

我的双眼中写满了战斗的渴望。

6

用三个字来形容米菲：

真该死。

我实在没有心情牵它出去，尤其是当我得花很久的时间等鲁布回来时。

刚开始的时候，我和奥克塔维亚一起坐在厨房里。

她看上去对别的事情并没有太大的兴趣，毕竟那天下午，她原本是要和鲁布一起出门的。鲁布一定是突然忘了这回事。至少我是这样告诉她的。但我是怎么想的呢？我知道是怎么一回事。鲁布是故意疏远她的。我以前就见过他做这种事。

故意很晚回来。

吵架。

告诉她们他不需要这种病态的关系。

对于鲁布而言，这是一套很好用的技巧，他并不介意当个混蛋。

家里还有些剩饭可以招待她，但是奥克塔维亚留到这么晚不是为了吃剩饭的。我和她一起走出家门，又在我家前门廊上待了一会儿，我们聊起天来，甚至时不时一起大笑起来。

我脱下夹克衫递给她。她接了过去，很快说道："真暖和，卡姆。"她的视线越过我投向远方。"这是这么久以来我觉得最暖和的几分钟了……"

从某种意义上讲，我希望她不仅仅是在说这件夹克衫，但最好不要有这样的念头。因为你一旦开始这么想，后来就会站在别人家的房子外面，等待永远也不会发生的事情发生。

不管是哪种意思，我们走到大门口，她把衣服还给我，我帮她打开大门。

月亮高高挂在天空中，奥克塔维亚说："其实没有必要再回来了，对吗？"

"为什么？"我反问她。

"不要问我为什么，卡梅伦。"她的头转到一边，之后又看了回来。"没关系的。"即便她用双手撑着靠在大门上，声音也不那么稳当，看起来还是美极了，我这样讲并没有猥琐下流的意思。我只是想说我喜欢她。我替她感到遗憾，也为鲁布对她的所作所为感到抱歉。她眼中带笑，那笑意转瞬即逝，是那种受伤以后才会有的笑容，人们想告诉你他们还好时就会这样笑，尽管事实远非如此。

之后，她就离开了。

她刚刚走出大门，我便叫住她："奥克塔维亚？"

她转过身。

"你还会回来吗？"

"也许吧，"她又微笑起来，"也许有一天会回来的。"

她沿着我家门外的马路离开，看起来就好像在自己的灵魂中穿行。她很坚强，很可爱，状态也并没有那么糟。有那么几秒钟，我因鲁布对待她的态度而对他痛恨不已。

看着她慢慢离开我家门口的这条大街，我回想起鲁布曾经说过，有一天，我去格里布区的斯蒂芬妮家门外时，他们两个人也跟了过去。我仿佛清晰地看到奥克塔维亚和鲁布两个人看着我。看着我看向那座房子。她当时一定觉得我很可悲。用鲁布的话说，真是个有点孤独的小混蛋。她现在走在路上，说不定开始理解我当时的感受。

出于某种原因，我知道现在她满脑子都在想和鲁布有关的事，一点都没有想过我。也许她回忆起他的双手曾放在她身上，抚摸她，占有她，完全拥有她。也许她回忆起曾经的欢笑，或者每次对话的只言片语。我永远也不会知道她究竟在想些什么。

鲁布很晚才回家吃饭，也因为他让奥克塔维亚干等了一场，老爸好好教训了他一顿。我确保自己完全置身事外。鲁布吃完晚饭后，我就只是走出门，到隔壁去把米菲领出来。

外面很冷，我也没什么心情。

从那之后就一直没什么心情了。

空气极为冷冽，我们一路上都没有把帽衫的帽子摘下来过。我们呼气的时候，可以看到大片的水雾从我们嘴里吐出。

米菲的嘴里也喷出水汽，特别是每当它猛烈咳嗽起来，就会有好大一片水汽。我们因此加快了回家的脚步。

再后来，我们一起看起了电视。

我转过头看着我哥哥。他能感受到我的目光。

"怎么了？"他问道。

我坐在沙发上，鲁布坐在快要磨穿的椅子上。

"你和奥克塔维亚算是结束了？"

他看了看我。

他的视线先是避开了我，最后还是向我看了过来。

是的。

这就是答案，鲁布知道他不用明着说出来，我也知道他不用。

"又有新人了吗？"

又一次，他不需要直接回答我。

"她叫什么名字？"

他顿了顿，然后说："朱莉娅……但是放轻松，卡姆——我还没有任何行动呢。"

我点了点头。

我点了点头，咽了口唾沫，我真希望奥克塔维亚不要经历这一切。在这一瞬间我对鲁布简直一点都不在乎。我只能想到那个可怜的女孩子，我又想起几年前萨拉被那个家伙甩掉的事。我记得当时她受到了多大的打击，特别是在发现他身边又有了另外一个女孩子的时候。

鲁布和我都非常痛恨那个家伙。

我们当时都想杀了他。

特别是鲁布。

现在，鲁布也变成了那个家伙的样子。

有那么一瞬间，我差点提起这件事，但是我只是坐在那里，一副蠢相，看着鲁布的侧脸。他脸上毫无羞愧之意，甚至完全没有任何要反思自己行为的意思。

朱莉娅。

我只能想象她是怎样的一个人。

但是鲁布还有一个问题要解决，奥克塔维亚想要确认他们是不是真的结束了，所以这周的某一天，她又来到了我家。

他们走到后院里，过了几分钟，她一个人从房子里走了出来。她看见我时对我说："有机会再会了，卡梅伦。"她又一次对我露出那种鼓足勇气的微笑——和我那天晚上看到的如出一辙。只不过这一次，她碧绿色的双眸中饱含热泪，泪水不断向上翻涌，肯定是很努力控制才没有流下来。她调整了一下情绪，我们一起站在走廊上，她最后说了一次："咱们回头见。"

"不，你见不到我的。"我也对她露出了一个微笑。你知道人们平常是看不到卡梅伦·沃尔夫的——除非他们经常在这座城市里的大街小巷穿行。

这一次她走的时候，她告诉我不用出来送她了，但是我还是悄悄站在前门廊上，目送她消失在远处。

"我很抱歉。"我喃喃自语。

我以为这是我这辈子最后一次见到鲁布曾经拥有的这个女孩，奥克塔维亚。

但我错了。

继续前行

我现在很冷。

我的夹克衫没有了。

不知道什么时候，我把我的夹克衫丢在了一条后巷里，现在，我和这条狗一起游荡，边走边浑身发颤。

自打来到这里，我第一次感到气愤。

"这究竟是怎么回事？"我大吼道，但是它没有给我答案，只有它四只爪子摩擦地面的声音传进我的耳朵里，还有它的喘息声，以及它呼出的水汽。

我感觉我们漫无目的，只是在一片黑暗里沿着大街漫步。

我的心在流血。

因为我孤身一人。

血滴在我的脚上，然后又落到地面上。

刚才在巷子里挨打之后的剧痛终于让我无法忍受，我开始踉跄起来。

我摔倒在地。

我整个人瘫在地上，在这座冰冷的城市的地面上一动不动。

流着血。

分崩离析。

很快，那条狗又有了存在感。我感觉到它蹲下来，在我身边趴下。它把鼻子靠在我的胳膊上，我感觉到了它的呼吸。

我睁开双眼，用余光看了看它。它睡着了，但是它在等待着什么。

它在等我站起身，继续前行。

7

当然，朱莉娅是一个彻头彻尾的小贱货。对于她，我没什么别的好说的。小贱货（防止你不知道这个词是什么意思）就是那种可以用淫荡或者下流来形容的女孩，但又不是职业妓女或者类似的货色。嘴里经常嚼着口香糖。会酗酒，还会装成一个烟鬼。会喊你同性恋、死变态或者手淫犯，同时脸上露出可爱的傻笑。穿着印着涂鸦的牛仔裤，上衣领口开得很低，露出乳沟，并不在乎开车的时候有没有遵守规则打开前灯。至于佩戴的首饰：有时中规中矩，有时会在身上故意挂好长一串，也许还会为了表示叛逆而戴上鼻环或者眉环。然后就是妆容。有时候就像是直接往脸上倾倒化妆品，特别是脸上长了粉刺时。大多数时候，小贱货长得并不会太难看，只是她们的一言一行会让她们变得格外丑陋。

但是朱莉娅呢？

我该怎么形容呢？

她很美。她有一头金发。

她只能算半个小贱货。

"所以，这位就是卡梅伦。"她第一次看到我的时候这样说。她嘴里嚼着那种牙医会大力推荐的低糖口香糖。

"嗨。"我跟她打了个招呼，鲁布冲我眨了眨眼。我知道他这个眼神想说明什么。大概就是，怎么样，还不错吧？你没法拒绝这种女孩吧？或者更简单一点，这身材看起来手感真好啊，不是吗？这个混蛋。

你应该想象得到，我很快就从房子里溜了出来，因为那个女孩以迅雷不及掩耳的速度把我惹恼了。我只希望鲁布不要再带着她去看我是怎么一直盯着斯蒂芬妮的家的了。奥克塔维亚，我可以应付，因为她至少有点品位，心里面还有一丝善意。但是这位就不是一回事了。更有可能出现的情况是她也跟他一样管我叫孤独的小混蛋。又或者她会说些别的，比如"给你的人生找点事做"，要不然就是重复之前鲁布说过的话，希望借此沾染一些他独有的魅力。绝对没门儿，我绝对不会给她这种机会。这个女孩不可以。（尽管我有时会出神地想，我的天啊！仔细看看她的身材。如果要我说，她可是拥有《体坛内幕》杂志里模特那样的火辣身材。）

不可以的。

我已经下定决心。

与其像一团臭气般赖在他们身边，我倒不如去电影院，像一团臭气一样赖在那个地方。

一个寒冷的刮着大风的礼拜六，正好那天爸爸不需要我帮忙，我连续看了三部电影，然后又去格里布区站了一会儿，最后才回到家里。那天晚上，我走到我们家的地下室，花了好几个小时写作，感觉关于我的一切都在体内上下翻腾。

　　我在床上躺了好一会儿，鲁布才回到卧室，整个人瘫在对面那张自己的床上。他自顾自地笑了好一阵，我不得不把灯关上。然后他说道："怎么样啊，卡姆？"

　　"什么怎么样？"

　　"你是怎么想的？"

　　"什么怎么想的？"

　　"你觉得朱莉娅怎么样？"

　　"这个啊。"我回答道，我既不想祝贺他得到了她，也不想过多地横加干预。房间里一片被惊扰的黑暗四散开来。我说："我觉得她还可以。"

　　"还可以？！"他提高了嗓音，有几分激动。"如果要我说，她可以称得上人间尤物了。"

　　"但是我又没有问你啊，我问了吗？"我就事论事，"你问我的想法，我给了你答案。"

　　"小机灵鬼。"

　　我大笑起来。

　　"你是想找事吗？"

　　"当然不是了。"

"那你最好还是不要……"

鲁布的声音低了下去，他很快睡着了，任由夜色将我一人笼罩。

我躺在那里，几个小时都睡不着——心里一直在想理发店那本杂志的封面女郎，然后又想起了我在电影放映前播放的广告里看到的一个异国超模。在我的脑海里，我与她们待在一起。我在她们体内。我一个人。有那么一小会儿，我甚至幻想起朱莉娅，但这对我来说有点过分了。我是说，有些变态行为可以接受，还有一些行为过于变态，即便是对于我来说也过分了。

到了早上，前一晚鲁布和我的对话已被我抛在脑后。他出门之前在厨房吃了好几片厚厚的培根。我留在家里，因为明天有要上交的作业。

当然了，我知道鲁布和朱莉娅在一起，他的泡妞模式仍在继续。

大约又过了两个礼拜，一切都正常无异。一切都走在正轨上。

爸爸很努力地做水管工的工作。

妈妈还是老样子，给别人打扫房间，在医院轮班做一些清洁工作。

萨拉也经常加班。

史蒂夫持续在球场上取得胜利，他平日去办公室上班，下班了就回到和萨尔同居的公寓里。

鲁布和朱莉娅出门约会。

我依然在写东西，有时候在我们的卧室写，有时候去地下室写。我仍会去格里布区，去了好多次，与其说有什么感情，倒不如说已经成习惯了。

然后。

那一天的到来改变了一切。

它……我不知道该怎么解释。

一切看起来都如此正常，但又稍稍偏离了中心。

我像往常一样走在城市的大街小巷。

我一路走到格里布区，一切都是潜意识的行为，我甚至没有意识到我要走去那个地方。

我到了那里，坐下来，又站起来，在那里等待着，甚至乞求能发生点什么，什么都行。

那天是礼拜四，在残存的几缕日光中，在最后几束阳光即将被暗夜抹杀之前，我感觉有人站在我身后，并稍稍靠近了我身侧。我能感觉到有人站在那里，一个人影，刚好被一棵树挡住。

我转过身。

我看了过去。

"鲁布？"我问，"是你吗，鲁布？"

但是那人并不是鲁布。

我靠着砖墙坐下，看到那个人走进夕阳最后的余光里，然后慢慢朝我走了过来。是奥克塔维亚。

是奥克塔维亚。她走了过来，坐在我身边。

"嗨，卡梅伦。"她说。

"嗨，奥克塔维亚。"我有点震惊。

沉默在这时降临，只有短短一瞬，仿佛是在朝着我们两个人低语。

我的心脏都快从嗓子眼里跳出来了。

然后，慢慢下沉。

一点点沉了下去。

她望向我一直盯着的那扇窗户。斯蒂芬妮家的窗户。

"什么都没发生吗？"她问我，我知道她想表达什么。

"不，今晚没有。"我回答道。

"其他晚上呢？"

我实在忍不住了。

我向你发誓，我不能……

一颗巨大的泪珠涌上眼眶，又傻傻地从我眼中滑落。它沿着我的脸颊一路滑下去，滑到嘴边，我能尝出它的味道。我能感受到嘴唇上那种咸咸的味道。

"卡梅伦？"

我看着她。

"你还好吗？"她问我。

我只能告诉她事情的真相。

我说："她今晚不会出来，哪个晚上都不会出来，而我对此无能为力。"我甚至有点自我感动，引用了鲁布的评价。"我的感受是一回事，而那个女孩对我毫无感觉。这件事就是这样……"我把头撇开，看着即将转暗的天空，试图恢复镇定。

我不禁开始反思，为什么选择了住在格里布区的这个女孩作为我想要取悦、想要沉溺于其中的对象？

"卡姆？"奥克塔维亚问。

"卡姆？"

奥克塔维亚一直要我看着她，但是我还没有准备好。相反，我站起身来，直勾勾地看着对面那座房子。房子里的灯都亮着。窗帘拉了下来，那个女孩像往常一样没有出现在我的视线里。

尽管如此，我身边却有一个女孩，她也站起身来，我们一起斜倚在砖墙上。她看着我，强迫我回望她。她又一次问我。

"卡姆？"

终于，我开口应答，平静中又有点怯懦。"怎么了？"

在这个安静的夜晚，在这座城市里，奥克塔维亚开口发问，她的整张脸占据了我的全部视野。"你愿意换个地方，到我家门外站着吗？"

回家

我只知道我们在搜寻着什么。

我们坐着一动不动——我靠在墙上，那条狗坐在我身旁。

快点儿啊，我仿佛知道那条狗在想什么。你还在等什么？

尽管如此，我还是坐在那里。

我想要一个答案。我需要知道我们要去哪里，我们在找什么。

微风开始咆哮，逐渐升级为一阵怒号——狂风呼啸，将沿街散落的垃圾、尘土和沙砾都卷到空中。

狗的双眼盯着我。

它的视线直直落到我的眼眸里。

于是，在这个时刻，我明白了。我终于看到了答案。

这条狗要带我回家——但对于那个地方我一无所知。那是一个新家，而我必须战斗一番才能找到那个地方。

8

她直击我的灵魂。

就是这么简单的一回事。

她的话直抵我体内，用力抓住我的心脏，拉扯出我的灵魂，将它从我的身体里拽了出去。

那些话和那个声音，奥克塔维亚和我，还有我的灵魂，一起存在于这条寂静、暗影密布的街道上。我只能看着她，看着她慢慢抓过我的手，温柔地将它放在她的手心里。

我仿佛感受到了她的一切。

天很冷，她的嘴里吐出水雾。她微笑起来，几缕碎发不停滑落在她的脸上，这么美丽，这么真实。突然，她拥有了我见过的最有人情味的眼神，她的嘴唇微微张开，仿佛要和我对话。我的手能感受到她脉搏的跳动，轻轻地敲击着我的皮肤。她的肩膀纤弱，她就这样和我一起站在这条渐渐被涌入的黑暗淹没的城市的街道上。她的手一直牢牢地抓着我。她在等我。

喧嚣的沉默呼啸着席卷了我。

街灯亮了起来。

我还是保持静止状态。一动不动。我看着她，看着如此真实的她站在我的面前。

我想把我的一切展示给她看，我想让我的心声直直落在面前的人行道上，但是我最终什么都没有说。这个女孩刚才问了我这个世界上最美妙的问题，但我却哑口无言。

"好的。"我想这么说。我想大声喊出来，然后一把搂住她，抱起她，对她说："好的，好的，我随时都可以去你家门外站着。"但是我什么都没说。我的嗓音试图冲破我的喉咙，但是我却张不开嘴。这句话总是撞到某个地方，然后就消失了，或者又被我吞了回去。

时间仿佛被割裂，在我周围碎开，我完全不清楚接下来会发生什么，奥克塔维亚和我，我们谁会先做些什么。我想蹲下去，把地上的每一块碎片都捡起来，把它们放到我的口袋里。从某种意义上讲，在离我很近的地方，我能听到自己灵魂的声音，它告诉我该说点什么，或者做点什么，我却没有办法理解它的意思。笼罩在我周围的这片沉默过于强大。这沉默将我淹没，直到我注意到她的手指快速地紧紧捏了我一下。

然后就放开了。

慢慢地，她松开了手，一切都结束了。

我的手重新垂下来，因为她的放开而轻轻拍在大腿侧面。

她看着我。

先是直直地看着我，然后移开了视线。

她受伤了吗？她希望我说点什么吗？她希望我拉住她的手吗？她想让我把她拉过来，拥入我的怀中吗？

这些问题扑面而来，但我远没想到要真正行动。我只是站在那里，像一个不幸又无助的傻瓜，等着事态主动发生变化。

最后，奥克塔维亚的声音打破了夜晚这片灼人的寂静。

一个平静且鼓足勇气的声音。

"只需要……"她犹豫了一下，"只需要考虑一下这件事，卡姆。"她又想了想，瞥了我一眼，随后转身离开了。

我注视着她。

她的双腿。

她的双脚迈开步子，动身离开。

她的头发，在黑暗中，在她身后来回摇摆。

我还记得她的声音，她提出的那个问题，以及那种在我体内翻腾并呼之欲出的感觉。它在我体内大喊大叫，时而温暖我，时而冰冷刺骨，最后将自己抛到我身体深处。为什么我什么都没有说？

为什么你刚刚什么都没有说？我责备自己。

现在，我能听到她离开的脚步声。

她转身离开，朝着车站的方向走去，我能听到她的双脚离地，然后又轻轻蹭在地面上的声音。

她没有回头看我。

"卡梅伦。"

一个声音在喊我。

"卡梅伦。"

我清楚地记得我的双手还插在口袋里,当我看向右手边,我发誓我看到了自己灵魂的轮廓,它也倚着砖墙站在那儿,双手也插在口袋里。它看着我。它直勾勾地盯着我。它说了更多的话。

"该死,你还待在这儿干什么?"它质问我。

"什么?"

"你说什么是什么意思?你难道不应该去追她吗?"

"我不能。"我低下头,看着我脚上穿的破鞋和已经磨损的牛仔上衣的袖口。我就这样看着,然后说:"反正现在已经太迟了。"

我的灵魂靠过来:"真是活见鬼,小家伙!"这些话真是残酷,让我不得不抬起头,盯着它,想要搜寻是什么样的面孔能讲出这种话。"你站在这个一点儿都不在乎你的女孩子的家门口,还一直等着她,可是真有什么事情发生的时候,你却崩溃了!你到底是个什么样的人啊?"

然后它就闭嘴了。

那个声音突然消失。

它想说的已经说完了,于是我们继续靠墙站着,手都插在各自的口袋里,静默堵住了我们的嘴巴。

一分钟过去了。

又一分钟过去了,然后是下一分钟。时间拖拉着划过我的思绪,就像奥克塔维亚的双脚在地面摩擦发出的声音。

终于，我有了反应。

这是大约十五分钟之后的事了。

我最后凝视了一眼那座房子，知道这可能是我最后一次看它了。我开始朝着悉尼大学车站往回走，我穿过冰冷的街道，头上是数不清的繁杂电线。街灯打在沿街房子的含铅玻璃窗上，闪烁起微光，我开始奔跑，能听到自己的双脚从地面抬起，然后落地、抓在地面上的声音。在我身后的某个地方，我能听到自己灵魂的脚步声和喘息声。我想赶在它前面跑到车站。我必须赢。

我跑了起来。

我任凭刺骨的冷气冲进我的肺部，心里一直想着奥克塔维亚的名字，翻来覆去地想着。我一直奔跑着，直到我的双臂和双腿一样酸痛，浑身的血液仿佛都涌到了头顶。

"奥克塔维亚。"我说。

我对自己说。

我一直向前跑。

跑过大学。

跑过倒闭的商店。

跑过一群看起来会打劫我的家伙。

"快点儿啊。"我发觉自己脚步放慢的时候就这样催促自己。我用力向远处张望，想要搜寻奥克塔维亚的双腿双脚。

我终于跑到车站，一群又一群人正涌入进站口，我用力从一个拿着公文包的男人和一个捧着花的女人中间挤了过去。我跑到开往伊拉瓦拉的那条线路上，冲下电梯，穿过穿着西装、拿着公文包、喷着不同味道的香水和发胶的人群。

我一直跑到尽头。

我差点绊倒，摔了一跤。

看看这该死的人群！我心想，但我还是慢慢地沿着站台挤了过去。列车到站，所有人都往车上挤，人群堆叠在一起，我碰到别人的时候那个人还来回扭头看我。我甚至还闻到了一种特别糟糕的臭味，就好像谁出了一身汗时腋下的味道。那气味扑面而来，但我还是一边四处张望，一边在人群中向前冲。

"快点让开。"有人龇牙咧嘴地大叫，因此我别无选择。

我登上列车。

我上了车，站在挤成一团的车厢中部，旁边刚好是一个留了小胡子的男人，很明显他就是那个散发出令人作呕的臭味的人。我们都抓紧了油腻腻的金属车杆，一直等到车开动起来，我才开始向前移动。

"抱歉，"我说，"实在抱歉。"我沿着车厢一路向前走，我想自己应该先把所有的下层车厢找个遍，然后再回到上边的车厢来找。这是唯一一趟通往赫斯维尔的列车。她肯定在车上。

她不在我上来的这个车厢里，旁边的车厢里也没有。

我打开一扇扇隔开车厢的车门，从中穿过，进入下一节车厢，隧道里的冰冷空气在我耳边呼啸而过。有一次，我关门的时候差点直接打到一直试图接近我的灵魂的脸上。

"在这儿！"我听到了它的声音，在这列通往郊区的列车上，它从人群中认出了她。

列车嘎吱作响，冲出隧道，冲进焦炭一般漆黑的暗夜，就在这时我一眼看到了她。她站在那里，和我之前刚上车的姿势一样，但是头转向了另一边。我在下层的车厢里，因此能看到她的双腿。

脚步声。

脚步声。

我一点点朝她靠近，挤到楼梯口，开始向上爬。

很快我就可以看到全部的她了。

她站在车厢里，看着列车污迹斑斑的窗户外的风景。我试图猜想她此刻在想什么。

我离她很近了。

我可以看到她的脖子，看到她的身体因为呼吸上下起伏。我看到她的手指抓住车杆，火车摇摇摆摆，车灯一明一灭。

奥克塔维亚，我在心里念道。

我的灵魂推着我前进。

"快点儿过去啊。"它说，但是它不敢刺激我，也不敢命令我或者强迫我这么做。它只是告诉我怎样做才是对的，告诉我需要做些什么。

"好的。"我轻声说。

我走近了些，站在她身后。

她的法兰绒衬衫。

她脖颈处的肌肤。

一股股凌乱的长发搭在她的背后。

她的肩膀……

我伸出手拍了拍她。

她转过身来。

她转过身来，我直视着她，心里有种感觉发生了变化。老天啊，她看起来可真美。我听到自己的声音，那声音在说："我会站在你家门外的，奥克塔维亚。"我甚至微笑起来。"我明天就会去你家门外站着。"

就在那时，她深吸一口气，闭上双眼等了一下，然后也对我微笑起来。

她微微一笑，说："好的。"她的声音很平静。

我又靠近了些，抓住她衬衣下摆的一角，紧紧靠着她，内心释然。

到了下一站，我告诉她我最好提前下车。

"那就明天见？"她问我。

我点了点头。

列车开启车门，我下了车。等到车门关上，我还不清楚自己是在哪个车站，列车再次启动，向外开去，我跟着它走着，始终透过窗户看着她。

等到列车开走很久了，我还站在原地，过了很久才意识到站台有多冷。

我突然意识到一件事。

我的灵魂。

它已经离开了。

我四处搜寻，最后恍然大悟。

它没有和我一起下车。它还在那节车厢里，和奥克塔维亚在一起。

轨道

我站起身来，那条狗的脚步声中传出某种紧迫感。它急不可待地想让我跟着它。

有一种感觉向我冲了过来。

炽热、沉重，它直接穿过我的身体。

我朝着那条狗跑过去，追着它跑过一条条街道，穿过咆哮的狂风。一开始它还会回头看我有没有跟上，但很快就意识到我会一直在它身边。

它带领我前进。

它轻快地超过我。

我们跑向那条铁轨，整条马路仿佛拆解开来，我看到了它。我们抵达的时候，它已经在远处。我看到了一辆列车闪烁的车灯，于是步子迈得更大，最后我们开始并肩奔跑。

一直奔跑。

同疲倦做斗争——告诉它晚一点再来找我，我现在只能继续往前奔跑。

　　继续奔跑。

　　一直奔跑，然后……

　　我看到了他们。

　　我看到他穿过列车，抵达了那个地方，他的灵魂站在他的肩头，对着他低语。

　　她转过身来，他抓住她衬衫的一角。

　　列车加速行驶。

　　它开向我们抵达不了的地方，直到消失在视野里。我放慢脚步，最终停了下来，弯下腰，任由我的双手垂落在膝盖两侧。

　　那条狗还跟在我身边，我看过去，仿佛在对它说，如果回家的这一路上还有更多类似这样的小插曲，我会很喜欢的。

9

"喂，"那天晚上回到家里时，鲁布这样对我打招呼，"该死，你到底怎么了？你回来得有点晚啊，怎么回事？"

"我知道。"我点了点头。

"锅里还留了一些汤。"妈妈插话道。

我掀开锅盖，这通常是最糟糕的选择，但是这样能够把大家都从厨房里赶出去，那天晚上这一招格外有用。考虑到当时的情况，我实在没有心情回答那些问题，尤其是鲁布的问题。我怎么跟他讲？"啊，你懂的，老哥。我只是和你的前任女友在一起了。你不会介意吧？"绝对没门儿。

加热那锅汤花了几分钟，我坐在那里，一个人把汤喝完。

我喝汤的时候才开始逐渐反应过来刚才发生了什么。我的意思是，这种事不是每天都会发生在你身上，但一旦发生了，你别无选择，只能努力去相信这件事真的发生过。

我仿佛一直能听到她的声音。

"卡梅伦？"

"卡梅伦？"

在出现好几次这种幻听之后，我转过身，发现原来是萨拉在同我讲话。

"你还好吗？"她问我。

我对她笑了笑。"当然了。"我们开始一起洗碗、收拾厨房。

后来，鲁布和我去隔壁牵上了米菲，我们牵着它一直走，直到它开始打喷嚏。

"它听起来糟糕透了。也许它得了感冒或者别的病。"鲁布分析道，"说不定是得了淋病呢。"

"什么是淋病？"

"我也不确定，我觉得应该是性病的一种。"

"好吧，我不觉得它会得这种病。"

我们把它牵回去还给基思时，他说米菲经常一团团地掉毛，这就能说得通了，毕竟这条狗百分之九十都是毛，只有一点点肉和几根骨头，它偶尔会叫两声，发出哀鸣，或者发出类似的声音。它身体大部分是由毛球组成的，掉起毛来比猫咪还要夸张。

我们最后拍了拍它，然后就回家了。

坐在我家的前门廊上，我问鲁布和叫朱莉娅的女孩相处得怎么样了。

"小贱货。"我希望他这样评价，但我知道他是不会这么说的。

"啊，还不算太坏，你懂的。"他答复我，"她虽然不是最完美的，但也不是最糟糕的。所以没什么好抱怨的。"在鲁布这里，一个女孩很快就会从"绝妙非凡"降级到"姿色平平"。

"说得在理。"

有一瞬间，我差点要问他对奥克塔维亚的评价如何了，不过我和鲁布对她的兴趣点并不一致，所以问这个也没什么意义。这也并不重要。对我来说，每一次想起她，似乎都能进一步印证我对她的爱，这才是最重要的。我没法控制自己，我一直想着她，一边想她一边跟自己确认刚才发生的一切都是真的。

在格里布区的那条街上，她的面庞。

她提出的问题。

那辆列车。

所有的一切。

我们在房子外面的旧沙发上坐了一会儿，那是爸爸在几年前的夏天摆到那里的。我们看着车流从身边经过。

"你们在看什么？"一个看起来像个小贱货的女孩不急不慢地经过我们身边，突然生气地发问。

"没什么。"鲁布回答她，但我们忍不住大笑起来，于是她开始无缘无故地咒骂我们，并继续往前走。

我的思绪开始向内延展。

每一个转瞬而逝的瞬间，奥克塔维亚都能进入我内心的更深处。即便鲁布又开始讲话，我的思绪还是回到了那辆列车上——努力从人群中挤过去，经过满身大汗、西装革履的人们。

"我们这个礼拜六也要去帮爸爸干活儿？"鲁布强行将我从思绪中拉了出来。

"我很确定我们要去帮忙的。"我说。鲁布站起来，回到屋子里。我在门廊上多待了一会儿。我想着明晚站在奥克塔维亚家门外会是什么情况。

那天晚上我一夜未眠。

我裹着床单，翻了个身，整个人陷在被单里。有一会儿，我甚至从床上爬下来，坐在厨房里。那时已经凌晨两点多了，妈妈半夜起来上厕所时，还特意过来看了看是谁待在厨房里。

"嗨。"我轻轻打了个招呼。

"你这是在做什么？"她问。

"我睡不着。"

"那等会儿赶紧回床上躺着，好吗？"

我又在那里坐了一会儿，放在厨房桌子上的收音机播放着节目，传出一阵阵的自言自语和自我辩论。那天晚上，奥克塔维亚占据了我的全部思绪，这让我不禁浮想联翩，我不知道她是否也会坐在她家的厨房里，想着我。

也许会。

也许不会。

不管怎样，我明天都会去她家，剩下的时间似乎比我想象的更漫长难挨。

我回到床上，躺下，等待着。太阳一升起，我就从床上爬了起来。白天的时间一点点流逝。学校里还是充斥着各种各样的玩笑，那些彻头彻尾的混蛋互相推搡，时不时发出一阵阵笑声。

下午，有那么一会儿，我非常焦虑，我不确定奥克塔维亚姓什么，所以担心在电话黄页里找不到她的家庭住址。等我终于想起来她姓什么时，简直如释重负。她姓阿什。奥克塔维亚·阿什。我查出了她家的地址，之后我从地图上找到了那条街，如果我中途没有迷路的话，从车站出来还要步行十分钟。

出门之前，我跳过围墙，好好逗了逗米菲。某种程度上讲，我有点紧张。紧张得要死。我想象着各种会把事情搞砸的突发状况：列车出轨，找不到是哪一座房子，站在错误的房子外面。我一边在脑海里把所有的情况都过了一遍，一边用手抚摸那团向我滚过来的毛球，我揉着它的肚子，不知怎的它竟然微笑起来。

"祝我好运吧，米菲。"我对它低语，并起身准备离开，而它只是整个身子挺起来，看了我一眼，那眼神仿佛在说"继续抚摸我，不要停啊，你这个偷懒鬼"。但我纵身一跃翻出围墙，穿过我家，从大门离开了。我留了一张纸条，说我晚上可能会去史蒂夫家，这样就不会有人太过担心。（不管怎样，我最后极有可能真的去他家一趟。）

我穿着平时常穿的那身衣服。旧牛仔裤、黑色的印着涂鸦的夹克衫、运动上衣和穿了很久的鞋子。

我出门之前，先去了一趟卫生间，想要收拾一下头发，让它们不要竖起来乱成一团，但是这种努力就像是与地球引力抗争。不管我怎么努力，头发都还是高高立起，像狗毛一样浓密，而且总是乱蓬蓬的。我对此从来就无能为力。况且，我想，我只要尽量做到和昨天的状态一样就可以了。如果我昨天的表现还不错的话，今天应该也可以。

就这么决定了。我准备出门。

前门在我身后重重合上，纱窗门嗡嗡作响。似乎每扇门都想把我从在这座房子里度过的时间中一脚踢出去。我就这样被抛到这个世界上，焕然一新。破破烂烂、歪歪斜斜的大门吱呀一声开了，把我放了出去，我小心翼翼地将它关好。我离开家，走到大街上，在离家大约五十码以外的地方又回头看了一眼我生活的这座房子。它和以前不一样了。它永远也不会变回原来的样子了。我继续前行。

街上一辆辆汽车从我身旁经过。有一阵子交通堵塞，所有的车都停了下来，一位乘坐出租车的乘客对着窗外吐口水，正好落在离我脚边不远的地方。

"老天。"那家伙对我说，"抱歉，小伙子。"

我只是对他笑了笑，说："别担心，没事的。"我现在不能被别的事分心。今天不行。我已经感受到了一种截然不同的生活气息，没有什么能将我与之分开。我会对其穷追不舍，直到找到它在我体内的根源。我会捕捉到它，品味它，吞噬它。哪怕那个家伙的口水吐到了我脸上，我也只会擦一把脸，然后继续前进。

不会有任何事物让我分心。

我不能留下任何遗憾。

我走到中央车站的时候，还没有到黄昏。我买了车票，走向地下通道。在第二十五号月台。

我站在月台背面等车，感受到列车带起的寒风穿过隧道。它环绕在我耳边，直到呼啸声进入我的身体里，渐渐放慢速度，变成一种钝钝的、迟缓的叹息声。

那是一辆很旧的列车。

车身布满划痕。

在底层的最后一节车厢里，有一位老伯手里拿着收音机，正在听爵士乐。他对我微微一笑（这种事在任何公共交通工具上都很罕见），于是我知道今天即将发生的一切会很顺利。我感觉自己会得偿所愿。

我的思绪随着列车的行进方向不断变化。

我的心控制着自己的情绪。

等列车开到赫斯维尔，我站起身，准备下车。让我吃惊的是，我很轻易地找到了奥克塔维亚家所在的那条街。通常，在辨别方向这件事上，我几乎是个彻头彻尾的笨蛋。

我向前走着。

我看着每一座房子，试图猜测哪一座才是豪厄尔街十三号。

等我抵达目的地，才发现这座房子和我住的地方差不多一样小，外面也砌了红砖。天色渐暗，我站在那儿，双手插在口袋里，等待着，期盼着。房子外面有一排栅栏和一扇大门，还有剪得很短的草坪，上面有一条人行小路。我开始揣测她到底会不会出来。

人们从车站走出来。

他们从我面前走过。

终于，像昨天一样浓重的夜色笼罩了整条街，我转过身背对着她家那座房子，面对着大马路，半倚着围墙。几分钟之后，她走了出来。

我几乎没有听到她家前门打开的声音，也没有注意到她走过来时的脚步声，但是当她停下来，停在伸手就能触碰到我的地方时，我能感受到她的存在，她就站在我身后，我能感觉到她，甚至能想象出她的心跳声……

即便是现在，当我回想起她冰冷的双手搭在我的脖子上，她的声音仿佛在抚摸我的皮肤，我还会情不自禁地颤抖。

"嗨，卡梅伦。"她说道。我转过身面对着她。"感谢你到我这儿来。"

"这没什么。"我开口作答。我的声音干涩，几乎要炸裂开来。

我记得，这个时候我微笑起来，心脏仿佛在血液中游动。不再有所保留。在我的脑海里，像这样的时刻我已经来回捋过了上千遍，而这一次是真的，我绝对不会搞砸。我不允许自己搞砸。

我沿着栅栏走进大门，终于靠近了奥克塔维亚，牵起了她的手，把她的手放进了我的手心。

我举起她的手，放到嘴边亲吻。我笨拙的双唇尽可能温柔地亲吻她的手指和手腕。我看着她的脸，从她的表情看得出从来没有人这样亲吻过她。我觉得她之前可能只被粗暴地占有过，我的温柔一定令她感到吃惊。

她的双眼瞪了起来。

她脸上的表情更清楚了些。

她的嘴巴渐渐弯成微笑的弧度。

"来吧。"她说着，带着我走出大门，"我们今晚可没那么多的时间。"我们一起在人行道上走着，身体几乎碰在了一起。

我们走过她家门口这条街，走到了一个古老的小公园里，我一直搜肠刮肚，想要说点什么。

什么都说不出来。

我只能想到一些毫无意义的话题，比如天气怎么样这种，但我不会让自己沦落到跟她说这些没营养的东西。她还是对我微笑着，仿佛在无声地告诉我，不说话也没关系。不需要给她讲故事或者赞美她，不需要只是为了赢得她的心说一些有的没的。她向前走着，面带微笑，在这样的沉默中反而更加快乐。

在公园里，我们一起坐了很久。

我递给她我的夹克衫，帮她披在身上，但是之后，又是一片沉寂。

一言不发。

没有任何动作。

我不知道自己在期待什么，因为我完全摸不到头绪，不知道该如何应对这样的情况。我不知道在一个女孩子身边要怎么表现才好，因为对我而言，她想要什么是一个彻头彻尾的谜团。我一点线索都没有。我只知道我想要她。这是最容易想到的。但到底要怎么实现这个目标？真是见鬼，我什么时候有过这么近距离地了解这种事的机会了？真希望有人能告诉我答案。

我觉得自己的问题在于，我的内心孤独太久了。我总是从很远的地方遥望这些女孩子，甚至没办法闻一闻她们散发的体香。我当然渴望她们，尽管我对于不能真正地得到她们而感到沮丧，从另一个角度来说，这对我也是一种解脱。因为这样就不会有压力。没有什么不舒服的。从某种意义上讲，与真正面对这一切相比，只是想象会发生什么要容易得多。我可以创造出一些很理想化的情景，并且幻想自己可以做些什么来赢得她们的芳心。

假如一切都是虚构出来的，你就可以为所欲为。

但是当一切真实存在，便没什么能阻挡你一直坠落。再没有虚幻的事物挡在平坦的地面中间。那天晚上，在那个公园里，一切前所未有地真实。我以前从没有过这么强烈的真实感，也从来没有感觉到一切如此失控。但这一切看起来理所应当，好像本来就应该是这样。

在此之前，生活的意义就在于追到女孩子（或者抱有这种幻想）。

而不在于去了解她们。

现在，一切大不相同。

现在，一切只关乎这一个女孩，以及思考究竟该做些什么。

我想了好一会儿，试图冲破我脑海中的层层迷雾，找到那个令人费解的突破口，搞清楚自己该怎么做。各种思绪把我按在原地，让我冥思苦想。最后，我试图说服自己，顺其自然，也许就会好起来。但是没有什么事情可以自然而然地发生。

那好吧，我安慰自己，试图让自己重新振作起来。我甚至开始在心里列举我之前哪些行为是正确的。

前一天，我一直追到列车上，终于找到了她。

我跟她说我会站在她家门外。

天哪，我甚至亲吻了她的手。

但是现在，我必须开口说些什么，但是我无话可说。

你为什么没话说呢，你这个蠢货？我质问自己。

我苦苦哀求藏在体内的那个自己。

哀求了很多次。

我和她坐在满是木头碎渣的公园长椅上，内心深处充满了对自己的失望，感到十分苦涩，我在想接下来要怎么做。

有那么一瞬间，我张开嘴巴，但是什么也说不出来。

最后，我只能看着她，说："我很抱歉，奥克塔维亚。对不起，我太没用了。"

她摇了摇头，我能看出她是真的不同意我的说法。

她平静地说："你什么都不用说，卡梅伦。"她直直地看着我："你永远不必刻意说什么，即便你什么都不说，我也知道你是个心胸宽广的人。"

就在这个时候，夜幕仿佛突然裂开，天空碎成一大片一大片，坠落在我身边。

寂静

我站在黑暗中。

浑身颤抖。

风已经停止了呼号。

渐渐平息。

风垂落双手，膝盖一弯，跌倒在一片寂静里。

我停了下来。

狗停了下来。

然后。

所有的。

所有存在着的一切。

都陷入沉寂。

听起来像是某种落败，就好像一颗心开始自内而外撕裂开来。

它在我体内，紧紧跟随着我。

它将我用锁链捆绑，看着我努力想要挣脱这枷锁的样子。

我有些期待它试着将我洗净。

我可以大吼大叫，试图将自己扭到一旁，但它怎么也不肯放开我。

从某种意义上讲，我希望自己写下的这些文字可以发出声音。

我希望它们燃烧起来，并发出怒吼，大喊出来。

我希望它们大喊出来……

这样就能打破束缚我的寂静……

我和狗一起转身，我们继续前行。

我们的脚步。

落地无声。

10

萨拉知道了。

看到我那天晚上回到家的样子，她就明白了。当我试着在走廊上越过她直接回到鲁布和我的卧室时，她马上就给我下了定论。

这事太有意思了。

令人难以置信。

她怎么能这么确信无疑——如此笃定，以至于我刚回来，她就一把拦住我，把她的手强行按在我的胸口，咧嘴一笑，轻声对我说："告诉我吧，卡梅伦。那个让你如此心动的女孩子叫什么名字？"

我也咧嘴笑了起来，半是震惊半是羞怯，我感到很诧异。

"没有什么女孩子。"我矢口否认。

"嚯。"她轻快地笑了一声。

嚯。

她只说了这一个字，然后就把手从我身上拿开，转身离开，但微笑还挂在脸上。

"对你来说是件好事，卡梅伦。"她离开之前丢下这句话。她转过头面对我说："你值得拥有这种美好。你真的值得，我是认真的。"

她走开了，留我在原地，又回想起天空碎裂坠落之后发生的事。

好一会儿，奥克塔维亚和我都那样安静地坐在长椅上，空气一点点转凉。直到她开始打哆嗦，我们才站起身来，一路走回她家。有一会儿，她的手指触碰到了我的手指，然后她就那样若有似无地牵着我的手。

我们走到了她家大门口，我知道自己不会进去的。我就是有这种感觉。

她进门之前对我说："我礼拜天的时候会去码头，如果你愿意的话可以过去看看。我大概中午到那里。"

"好的。"我回答，心里已经幻想着自己站在那儿，看着她演奏口琴，周围的人把零钱扔进她的夹克衫。明晃晃的湛蓝的天空。半空中的云朵。阳光像太阳伸出的无数双手，探到地面上。我能看到这一切。

"卡梅伦，还有……"她说道。

我从自己的幻想里醒过来。

"我会等你的。"她的视线先是投到地面上，然后又抬起来注视着我。"你明白我的意思吧？"

我缓缓地点了点头。

她会等着我，等我一起聊天，让我以我的方式和她待在一起。

我猜我们只能寄希望于时间，总有一天会走到那一步的。

"谢了。"我说。她没有让我目送她走进房子里，恰恰相反，奥克塔维亚待在门口目送我离开，每次我回过头想要最后再看她一眼，她都会向我挥手告别。我每次转身，都会喃喃自语："再会，奥克塔维亚。"这举动一直持续到我走到街角，拐过弯，之后，便又只剩下我一个了。

那天晚上，返程路上的记忆被笼罩在一片迷雾里，我只知道自己又坐着列车回了家。列车沿着轨道一路颠簸，铿锵作响，那声音仿佛还在我脑海中回荡。这让我眼前出现了一幅幻象，我看到自己坐在那里，坐车返回我最初离开的那个地方，但是那个地方和以前再也不一样了。

萨拉那么快就能意识到有什么不一样，真是奇怪。

她居然能立马看出我的变化，看出我在这个家里的生活状态发生了改变。也许我走路的姿态不一样了，或者是说话语气有所不同，我也不知道。但我确确实实和以前不一样了。

我有了我写的文字。

我有了奥克塔维亚。

从某种意义上讲，我的内心似乎不再总是发出哀求。我不再乞求让我的人生偶尔出现不算太糟的片段。我只是告诉自己要有耐心，因为我终于站在了离梦想很近的地方。我之前一直在为此奋斗，现在我终于快要抵达目的地了。

那天深夜，鲁布回到家，像往常一样一下子跌倒在床上。

他还穿着鞋子。

衬衫上有几颗扣子开着。

他身上有轻微的啤酒味和烟味，还有他常用的廉价古龙水的味道，但他并没有必要喷香水，因为女孩子总归要爱上他的。

重重的喘息声。

带着微笑睡去。

这就是平常的鲁布。这也是个平常的礼拜五之夜。

他进来的时候没有关灯，所以我得从床上爬下去，把灯关上。

我们都清楚地知道明天早上天还没亮爸爸就会把我们喊起来。我还知道鲁布会按时起床，尽管他会一副邋遢疲倦的样子，但看起来一定会相当俊朗。我的这个哥哥，总是有办法做到这一点，这总是让我抓狂。

我躺在他的对面，猜想他发现我和奥克塔维亚的关系之后会说些什么。我在自己的脑海里过了一遍各种可能性，列出了一个长长的清单，毕竟鲁布什么都有可能说得出来，完全取决于当时是什么样的情形，之前发生了什么，在这之后又会发生点什么。我能想到的可能性包括：

他会重重地扇我的后脑勺，对我说："你脑子里在想些什么啊，卡姆？"然后再给我一巴掌。"你不能和你哥哥的前女友做这种事！"接着又是一巴掌，最后再打一巴掌才肯收手。

他也有可能只是耸耸肩，什么都不做。不会开口点评，不会生气，没有任何情绪，不会微笑，也不会哈哈大笑。

或者，他会在我背上拍两下，说："好啊，卡姆，也是时候让你练练你的家伙了。"

又或者他会哑口无言。

不。

不可能的。

鲁布从来不会哑口无言。

如果他想不到说什么，最后可能的是，他看着我发出惊叫："奥克塔维亚?！真的吗?！"

我会点点头。

"真的吗?！"

"是啊。"

"好吧，这真是妙极了，真是妙！"

这些场景在我脑海里过了一遍又一遍，最后交汇在了一起，我重新躺下，慢慢进入了梦乡。在梦里我整理好了所有的碎片，直到第二天早上六点一刻，一只强硬的大手将我从睡梦中摇醒。

是我们家的老头。

克利福德·沃尔夫。

"该起床了，"他的声音透过一片黑暗传了过来，"把那个懒蛋也叫起来。"他的手指晃动了一下，指向鲁布，不过我知道他脸上挂着笑容。在爸爸、鲁布和我之间，这其实是种昵称。

这次的工作在海边，在布朗特。

基本上，这一整天，我和鲁布都在房子底下听着广播挖来挖去。

午饭时间，我们都来到了沙滩上，爸爸买了必备的炸鱼和薯条。等我们吃完，鲁布和我走到海边，用海水洗去手上的油垢。

"见鬼，怎么这么冷。"鲁布让我留心冰冷的海水，不过他自己依然用双手盛满了海水，泼到脸上，水花溅在他沾满碎沙的浓密头发上。

沿着海滩，有许多被冲上岸的贝壳。

我开始在里面挑挑拣拣，选出最好看的几枚留作纪念。

鲁布看了过来。

"你在干什么？"他问。

"就是捡几枚贝壳。"

他看着我，一脸难以置信。"你是不是个该死的娘炮啊，还是个变态？"

我瞥了一眼手里的贝壳。"这有什么不对的吗？"

"老天！"他大笑着说，"被我说中了，对不对！"

我只是朝他看了一眼，便冲着他大笑起来。然后，我又捡起一枚干净光滑的贝壳，上面还有浅浅的老虎斑纹一样的图案。在贝壳正中央有一个小洞，可以透过这个洞看到另一边。

"看看这一枚。"我举起贝壳给他看。

"还不错。"鲁布承认。我们一起盯着不远处的海平面，我哥哥又说："你挺不错的，卡梅伦。"

这个时候，我唯一能做的就是盯着大海再看一会儿，然后和他一起转身往回走。我们的老爸刚才就冲着我们"喂喂"地大喊，让我们抓紧回去干活儿。我们穿过沙滩，重新走回到街上。那天晚一些的时候，鲁布又告诉了我几件事。关于奥克塔维亚的事。

刚开始的时候一切还很平常，我问鲁布他能记起多少前女友。

"我怎么会知道，"他回答我，"我又没有数过，大概有十二三个吧。"

在那之后好一会儿都只有挖土的声音，但我知道我的哥哥也像我一样，正在回忆那些女孩，用回忆的触手触碰每个女孩子。

在这期间，我不得不再次发问。

我说："鲁布？"

"闭嘴——我正在集中注意力想呢。"

我无视他，继续说了下去。既然已经开始发问，我就没打算停下来。我问他："你为什么甩掉奥克塔维亚？"

他停下了手里的挖掘工作。要给答案了。

"很简单，"他说道，"因为那个女孩子可能是我遇到过的最奇怪的人了。甚至比你还要古怪，你相信吗？"

"为什么？"我听着鲁布跟我解释奥克塔维亚·阿什的事，将自己的全部注意力都集中在他的嘴巴上。他张嘴讲这些话的时候，我甚至可以看到他嘴巴里呼出的空气。

"好吧，首先，"他开始说，"前一天你还可以摸遍她的全身，结果到了第二天，她甚至都不让你靠近她。"他脑海里仿佛闪过一个念头。"而且，要想把她的衣服扒下来，更是没门儿。"他对着我咧嘴一笑。"相信我——我试过的。"尽管如此，我还是能感觉得出鲁布的叙述有所保留。他还是说了出来。"但是最奇怪的是，那个女孩从来不让我去她家。一次都没有。我甚至都不知道她家前门的颜色……"

"这就是你放手的理由？"

我的哥哥看着我，若有所思，表情诚恳真切。他笑了起来："不是的。"他轻轻摇了摇头。

"那是为什么？"

"好吧，"他耸了耸肩，"实话跟你讲，卡姆。是她甩的我。那天晚上，她回到这里，我还以为她会像其他女孩儿一样大哭大闹。"他摇了摇头，"但我错了。她是来彻底碾压我的。她说我不值得她费那么多力气。"

最令我迷惑的是，他说起这些的时候怎么可以如此平静。如果我是他，被奥克塔维亚这样的人抛弃，那种剧痛可能会让我在原地四分五裂。那一定会击垮我的。

但他不是我。

对于鲁布而言，下一任"最好的那个"已经出现了，所以他把握住了机会，我猜这也不算做了什么错事。但对于鲁布来说，现在唯一的问题在于这个叫朱莉娅的女孩子是带着一些"多余的行李"来的。也就是说，他需要为她的出现付出代价。

"很明显，她跟我搞在一起的时候，同时还和别的家伙在一起。"他就事论事地说着，"那家伙现在嚷嚷着要追杀我。我也不知道是为什么。我又没有做错什么。这个女孩当时也没告诉我她已经和别人在一起了，我能有什么办法。"

"你小心一点就是了。"我跟他讲。我觉得他能从我的语气中判断出我并不喜欢这个叫朱莉娅的女孩子。所以他就直接开口了。

他说："你不怎么喜欢她，是吧？"

我点了点头。

"为什么不喜欢？"

你为了得到她，伤害了奥克塔维亚。我心里这样想着，但嘴上只是说："我也不知道。我只是对这一位有些不太好的感觉，就是这么一回事。"

"不用担心我。"鲁布回应道。他看了过来，像往常一样对我咧嘴笑着——是那个告诉我一切都会好起来的经典笑容。"我能熬过去的。"

最后，我只留下了在沙滩上捡到的那枚贝壳。就是带着老虎斑纹图案的那枚。回到家，我将它举到卧室的窗户玻璃旁，对着光仔细观察。我已经知道要拿它做什么了。

第二天，我走到中央车站，搭乘了前往圆形码头的列车，那枚贝壳一直装在口袋里。港口的海水是浓郁的蔚蓝色，有渡轮经过时，会将海水向两侧劈开，然后海面会渐渐平复。码头上到处都是人，有不少是街头艺人。好的艺人、绝妙的艺人和那些彻底没救了的糟糕艺人。虽然花了一点时间，但我还是看到了她。我看到奥克塔维亚站在通往巨石堆的人行道上，看得出人们正在逐渐向她聚集，被她口琴发出的有力旋律所吸引。

我到的时候，她才刚好演奏完一首曲子，人们纷纷在她平铺在地上的旧夹克衫里丢下零钱。她对着人群微笑，说了谢谢，人们慢慢散开，继续前行。

她没有注意到我在这儿，直接开始演奏下一首乐曲，又一次，一群人很快聚集在她身边。不过这次的人没有之前多。阳光笼罩在她的卷发上，我专心地看着她的嘴唇在口琴上来回滑动的样子。我看着她的脖子，她柔软的法兰绒衬衫，还时不时地透过人群的间隙偷看她的屁股和大腿。在这首曲子里，我仿佛能听到她在说："没关系的卡梅伦，我可以等你。"我还能听到她那天说我心胸宽广的声音。一开始我还有点犹豫，但是到了后来，连想都没想，我就挤进人群，一直挤到了最前面。

　　我喘着粗气停下来，然后蹲在地上，现在，我是这个世界上离奥克塔维亚·阿什最近的人。她吹奏着她的口琴，而我就蹲在她面前。

　　她看到了我，我发觉她的唇边露出了一丝笑意。

　　我的脉搏加速跳动。

　　我心如擂鼓，有什么东西在灼烧我的喉咙，慢慢地，我把手伸进口袋，把那个老虎斑纹贝壳掏了出来，轻轻将它放在那件夹克衫里，和丢给她的那些零钱混在一起。

　　我把贝壳放在了那里，阳光打在上面，正当我转过身来，准备重新从人群中挤出去的时候，音乐停了下来。曲子戛然而止。

　　整个世界都安静下来，我再次转过身，抬头看到了那个女孩，一动不动。

　　她也蹲了下来，把她的口琴放在零钱堆里，然后将贝壳捡了起来。

　　她把它放在手心。

　　她把它举起，放到唇边。

她温柔地亲吻了这枚贝壳。

然后，她用右手抓住我的夹克衫，一把将我拉到身边，开始亲吻我。我的脸感受到了她的呼吸，她柔软、温暖、湿润的双唇微张，将我包裹起来。我们周围发出一声巨响，声音传到我的耳朵里。有那么一会儿，我还在琢磨到底是什么声音，但是很快又完全栽在了奥克塔维亚身上，她的灵魂将我整个人贯穿。我们两个人都跪在地上，我的双手揽着她的臀部。她的双唇一直在寻找我的嘴唇，亲吻着我。我们以这种方式相互连接着。这会儿，她的右手捧着我的脸，让我靠得更近了些。

我们身边依然传来巨大的声响，仿佛搭起了围墙，将这里变成了大世界中的一个小世界。我突然知道那是什么声音了。那声音清脆透彻，美妙绝伦。

那是人们鼓掌的声音。

鼓起掌来

"关于人们鼓掌的声音，到底是怎么一回事呢？"我问。

那条狗继续前行，但我一点都不在乎。我只是继续说了下去。

"为什么那声音听起来就像一片汪洋大海，打在你的身上，像是一朵朵浪花一样飞溅开来？为什么那种声音会让你心生涟漪？"

我只是在心里这样想着。

也许是因为这是人类能用双手做到的最高尚的事情之一。

我的意思是，人们的双手还可以握成拳头。他们会用这对拳头伤害别人，还会用双手偷东西。

而人们站在一起鼓掌的时候，却是在为其他人送上赞美。

我觉得掌声的存在是为了维系某些东西。

"它们能够维系那样的时刻。"我平静地说，"让我们记住那样的时刻。"

那条狗有点不以为然，黑暗再次降临。

我闭上嘴巴，继续前行。

11

"这是我收到的所有礼物里最棒的一个。"她一边说着，一边举起贝壳，透过贝壳上的小洞看我。她又一次亲了亲我，轻轻地亲了一下嘴巴，又亲了一下脖子。她在我耳边低语："谢了，卡梅伦。"我热爱她的双唇，特别是当阳光照在她的嘴唇上，而她又刚好对我露出微笑的时候。她和鲁布在一起的时候，我从来没有见她露出过这种笑容，我真希望她从没对其他任何人露出过同样的笑容。我没办法控制自己不去想。

人群已经散开，我们把奥克塔维亚夹克衫里的零钱都捡了起来。一共五十六块。在我的夹克衫左手边的口袋里，还放着那些有字的纸，包括她刚才重新开始演奏之后我匆匆写下的那些。我紧紧握住它们，仿佛是在守卫它们。

"我们走吧。"她说。我们开始沿着海边朝桥的方向走去。成团的云影倒映在海面上，仿佛是阳光忘记触及的一个个黑洞。我身旁的这个女孩还在打量手里的贝壳，我的心脏似乎要冲破胸腔，沿着肋骨一路冲上来。即便心跳渐渐放缓，我还是能感受到心脏里蕴藏的那种力量。我很喜欢这种感觉。

在桥下，我们倚着墙坐下，奥克塔维亚的双腿向外伸开，而我紧紧抱住我的双腿，膝盖抵在下巴上。我瞥了她一眼，注意到阳光是如何映照在她的皮肤上，又是如何照在她脸上的那几缕碎发上的。那是一种蜜一样的颜色。她有一对湖绿色的眸子，就好像阴天里的一片海水。她的皮肤晒成了古铜色，微笑起来会露出两排整齐的牙齿，但如果笑得再开一点，嘴角就会歪向右侧。她的脖颈光洁，小腿上有几处疤痕。她的膝盖很漂亮，臀部也很好看。我喜欢看女孩子的屁股，尤其喜欢看奥克塔维亚的，我……

它再度出现。

横在我俩之间。

那种寂静。

周围只有海水拍打码头基座的声音，最后，我终于看向奥克塔维亚，平静地说："我只是想……"

停住了。

停顿了好久。

我能感觉出来，她想开口说些什么。我注意到她双眼中有恳求之色，她的双唇微启。她极度渴望表达，但是又忍住了。我决定把这句话说完。

"我只是想说……"我清了清嗓子，但是声音还是干哑无比，

"谢谢。"

"为什么谢我？"

"因为……"我犹豫了一下，"因为你想要我。"

她看了过来，有那么短暂的一瞬，她的视线仿佛直击我的灵魂。她的手指轻触我的手腕，然后一路下滑，直到把我的手指握进她的掌心。然后，她故意说了一句话。

"如果你多告诉我一点关于你自己的事，我也许会更强烈地想要你。"

这句话将我整个人彻底打开。

我本来可以装作没有听懂奥克塔维亚在说什么，但我知道那种一直等待的日子已经过去了。她还会等我的，这个我很清楚，但没有人能够一直等下去。

于是我问她："你想知道什么？"

她微微一笑，平静地说："我喜欢你的头发，卡梅伦。我喜欢不管你怎么试着把头发压平，它都要重新竖起来的样子。这是唯一一件你怎样都隐瞒不了的事。"她咽了下口水。"但是关于你的其他东西都被隐藏了起来。藏在你规规矩矩的步伐里、被压平的夹克衫衣领里，还藏在你笨拙又紧张的笑容里。天哪，我真是爱死了你的那种笑容，你知道吗？"

我望向她。

"你知道吗？"她又一次发问，语气几近指责。

"不知道。"

"这确实是真的，但是……"

"怎么了？"

"你看不出来吗？"她捏了捏我的手。"我想要的比这些更多。"她的眼中流露出一丝倔强的笑意。"我想要真正地了解你，卡梅伦。"

我又一次注意到海水拍击的声音。

涨潮。

一次次撞击在围墙上，然后才退回去。

终于，我点了点头。

"好的。"我答复她。我轻轻说，几乎微不可察。

"唯一的问题是，"过了一会儿，她又提出来，"你得告诉我。你得开口说出来。"她看着我的脸，想要探寻我究竟想说些什么，又或者想做些什么。

我做了这件事。

我站起来，走到海边。

我转过身。

跨海大桥在我头顶矗立，我在离她十码远的地方蹲了下来，开始讲述，我的眼睛直直地看着她。

大段的文字从我口中倾泻而出。

"我的名字叫卡梅伦。我总是说我想沉溺在一个女孩的身体里，沉溺在她的灵魂深处，但我甚至从来没有接近过这个目标——我几乎连碰都没碰过女孩子。我没有朋友。我生活在两个哥哥的光环下——一个哥哥一心一意想要取得成功，另一个才气非凡，有着大大咧咧的笑容和让别人喜欢上他的能力。我希望我的姐姐不再把自己当成一块坐等宰割的大肥肉，让随便哪个家伙给几个买口红的钱就能收买，别忘了，还得喝啤酒呢。我周末的时候和我爸爸一起干活儿，我的双手弄得脏兮兮的，还起了水泡。我租过带有性爱镜头的影碟，也曾经一边幻想女人一边自慰，我幻想过学校里的女同学，走台模特，一两个女老师，广告模特，日历模特，电视节目里面的女明星，穿着制服或者正装、妆容精致、身上散发着浓浓的香水味、坐在火车上读着一本厚厚的书的女孩子。我经常在这座城市里四处闲逛，当我走在城市里时，会有种这里是灵魂之家的感觉。我很爱我的哥哥鲁布，但是我讨厌他对女孩子做的这些事情，尤其是像你一样真实的女孩，你们从一开始就应该知道最好不要和他这种男孩子混在一起。我把妈妈当作人生偶像，她拼了命地工作，还能把我们一家人团结在一起。她每天都付出远超常人的努力，总有一天，我会为她做点了不起的事，比如给她买一张头等舱的机票，想去哪儿就去哪儿……"我这才想起来要喘口气，但转眼间就忘了接下来还要说些什么。

我停下来，重新站起来，因为蹲了太久，脚都有点麻了。我慢慢地走向奥克塔维亚·阿什，她用双臂紧紧环抱着伤痕累累的双腿。

"我——"

我又一次停了下来，走到她身边，在她身前重新蹲下来。我能感受到血液再一次聚集在我的双腿上。

"什么？"她问，"怎么了？"

有那么几秒钟，我还在考虑到底应不应该这么做，但是还没等我阻止自己，我的手就已经伸进了旧牛仔裤的口袋，拉出那张皱成一团的废纸，把它递给她，就好像在为她献出我的灵魂。纸上就是那些文字。

"这些是我写的。"我一边说着一边将纸团放在她伸过来的手里，"这些是我写下的文字。打开纸团，读读里面的文字。它们会告诉你我究竟是什么样的人。"

她按我说的打开了那团记载着我处女作的纸团。只不过，她只读了开头一点点，就把那张纸还给我，并开口问道："你能替我读一下上面都写了什么吗，卡梅伦？"

我的内心向她屈服了。

我们两个人之间刮过一阵微风。我又重新坐回她身边，开始给她读我在这个故事的第一章写下的那些文字。

"对于像我这样的人来说，没有什么能毫不费工夫就得到。这并不是在抱怨什么，只是一个事实罢了……"我缓慢又真诚地朗读着，这也是这些文字给我带来的感受，就好像这些话是从我内心深处涌上来的。在读到最后一段时，我的声音稍微提高了一些。"我知道在这座城市的某个暗影憧憧的小巷里，或者是在某条窄窄的后巷里，我自己的本心在那里。在最深处，有什么在等待着我。两只闪着光的眼睛。我吞了下口水。我的心如擂鼓。我继续前行，想去探寻那到底是什么……脚步声。心跳声。脚步声。"

等我念完，静默终于将我们两个人吞没，那张纸被重新叠起来的声音就好像重物撞击在一起的巨响。或许那是一滴泪珠从奥克塔维亚脸上滑落时发出的声音。

她等了一会儿，然后温柔地说："你之前从来都没有摸过女孩子吗？"

"没有。"

"在我之前从来没有？"

"没有。"

"你能帮我一个忙吗？"她问。

我点了点头，看着她。

"你能握住我的手吗？"

我牵起奥克塔维亚的手，感受着每一处肌肤的质感。她靠得更近了些，把她的头倚在我的肩头。她把腿搭在我身上，脚趾勾在我的脚踝下面，这是一种特殊的连接。

"我从来没想过我会给别人看我写的那些文字。"我平静地说。

"它们美极了。"她在我耳边温柔地说。

"它们让我觉得自己还过得去……"

很快，她整个人移到我身前，双腿交叉，看着我，让我朗读到目前为止我写下的所有文字。等全部读完，她将我的手环过她的腹部，搂住她的双臀。

她说："你随时都可以在我身体里沉溺，卡梅伦。"她又一次将双唇贴近我，伸出舌头在我口腔里游走。我手里还拿着那张废纸，双手抱着她的臀部，和她紧紧地贴在了一起。我能感受到她坐在了我身上，将我整个人纳入体内。

桥

"我不会从这上面走过去的。"我对那条狗说。

它看着我，眼神仿佛在说，哦，你会的，赶紧给我过来。

"你看它都摇摇晃晃了！"我大声抗议，但是狗对我的看法毫不在乎。它跨到桥上，开始往桥的另一边走。于是我也小心翼翼地站到了桥上……

这是座木桥。

上面都裂开了缝隙，我的双手因为抓绳子抓得太紧而感到火辣辣的。

我低头往下看。

看向下面那片无尽的深渊。

不过，我还是慢慢地通过了这座桥，有一会儿甚至是匍匐着过去的。

这座桥给我的感觉和我倾诉时写下的那些文字是一样的。我很想得到它，但又心生恐惧。天哪，我真的渴望抵达桥的另一边——就和我对文字的渴望如出一辙。我想用我心中的文字搭建一座坚实的桥梁，让我能够在上面自由穿行。我想让这座桥屹立在整个世界之上，这样我就可以站在众生之上，走到桥的另一端。

有时候，你弯下腰，可能就是为了建一座桥。

我猜这也算是一种开始。

12

那个礼拜天的晚上，等我回到家，鲁布和我像往常一样牵着米菲出去散步。这条狗的状态比平时还要糟糕，咳嗽得更厉害了，那声音仿佛是从肺里面发出来的。

等我们遛完米菲，回到基思那里，我问他会不会带米菲去看兽医。

"我觉得它咳嗽不是因为掉毛。"我说。

基思的回答相当简洁明了。"是啊，我想我最好还是带它去看看。它看起来吓坏了。"

"可能不只是吓坏了。"

"啊，它之前也有过类似的状况。"他解释道，与其说是解释倒不如说是抱着一种侥幸心理。"之前的几次都不是什么严重的问题。"

"好吧，记得告诉我们它到底怎么了。"

"好吧，再见了伙计们。"

我又想了想这条狗。米菲。我猜不管我和鲁布平时怎么抱怨它，我们都知道一旦它遭遇不测，我们都会很想念它。真是有意思，这世界上有些东西一直惹你心烦，但是你知道一旦它们真的消失了，你会很怀念它们。米菲，这条非凡的博美犬，就是这样的存在。

后来，我和鲁布一起坐在休息室，但我错过了无数个告诉他我和奥克塔维亚在一起的机会。

现在，我告诉自己，就是现在！

但是我没讲出一个字，我们只是一起坐在那儿。

第二天晚上，我去了史蒂夫的公寓。距离我上次见他又过了好一阵子了，某种意义上说，我还挺想他的。我很难准确地说出那到底是一种什么样的感觉，但我越来越喜欢和史蒂夫待在一起了，尽管我们共处的时候很少有人开口讲话。当然了，我们现在说的话已经比以前要多很多了，但还是没几句。

等我到了那儿，只有萨尔在家。

"他随时都有可能回来。"她用一种并不怎么兴奋的声音说道，"你想吃点什么吗，还是喝点什么？"

"不用了，就这样挺好。"

那天晚上，她并没有给我一种欢迎我到这里做客的感觉，就好像这一次她没有办法再忍受我的存在。她脸上的表情仿佛随时都会对我抛出一些贬损的脏话。比如：

废物。

肮脏的杂种。

我很确定不久前，在我和史蒂夫还没有开始理解彼此的时候，史蒂夫可能跟萨尔讲过他的两个弟弟都是什么样的废物混球。我们还住在一起的时候，他总是看不起鲁布和我。我们做过很多蠢事，这个我承认，比如一起去偷路标、打架、在狗场赌狗……这些都不是史蒂夫的风格。

大概过了十分钟，史蒂夫走了进来，他甚至笑了笑，打招呼说："嗨，有一阵子没见到你了！"有那么一瞬间，我也冲着他微笑了一下，以为他在和我打招呼，随后才知道他其实是在和萨尔讲话。她最近一段时间一直在做一些需要在每个州来回跑的工作。他走过来，亲了亲她，然后才注意到他的小弟弟正坐在沙发里。

"嗨，卡姆。"

"嗨，史蒂夫。"

我看得出来，他们两个人希望可以独处，所以我待了一小会儿就站起身来。客厅灯光昏暗，厨房明亮的灯光洒在他们两个人身上。

"嗨，我改天再来找你吧。"我语速很快，确保自己能够迅速从这个地方逃离。萨尔露出一副我见过的最明白无误的"快点滚开"的表情。

"不用。"

我刚要走到门口，这两个字便瞄准我的后背弹了过来。我转过身，看到史蒂夫就站在我的身后。他一脸严肃，对我说完了余下的话。

"你不用走的，卡姆。"

而我只是看着我的哥哥，说道："别担心我。"我转过身离开，并没把这件事放在心上。反正我现在有别的地方可以去了。

时间还早，我决定跑到车站，搭车去赫斯维尔。透过列车的窗玻璃，我能看到自己的倒影——我的头发已经长得很长了，开始变得乱蓬蓬的，成团成团地竖起来。窗外一片漆黑，一团无尽的黑暗。有生以来第一次，我竟然有点喜欢这种黑暗。坐在摇摇晃晃的列车上，我看向自己的灵魂深处。

奥克塔维亚家所在的那条街笼罩在一团夜色里。一座座房子里透出的灯光就好像点燃的火炬。如果我紧紧闭上眼睛，然后再睁开眼，眼前的房子就好像是在黑暗里跌跌撞撞地四处摸索，寻找出路。我一直以为它们会随时消失得无影无踪。有时候人影会在灯光中一闪而过。我就这样一直在她家门外等待着。

有那么一会儿，我想象着自己走到她家大门前，用力敲门，但我对鲁布说过的话印象深刻。他说他从来没有进到房子里面过。甚至从来没有近距离地走到她家房门前。我最不想做的事就是在这个时候越界。我还是极度渴望她从家里出来，这样才不会有任何差池。但是我也明白，就算最后我看都没能看到她一眼，我也愿意在这儿等着。我既然能为一个一点都不在乎我的女孩子做到这个程度，当然也可以为奥克塔维亚做到这一点。

就在这走神的一瞬间，我想到了住在格里布的那个女孩。她像一个窃贼一样突然袭入我的脑海，然后又消失了，但什么都没有偷走。那种感觉就像突然从我的记忆深处将一些过去的耻辱时刻拉扯出来，扔在地上。我想了想为什么曾经的自己会去她家门口那么多次。我甚至大笑起来，嘲笑起自己。过了几分钟，奥克塔维亚拉开她家厨房的窗帘，然后走到外面和我碰面，这时那个女孩已被我从脑海中彻底抹除了。

我们都还没开口说话，我注意到的第一个细节就是那个贝壳。它被穿在一条绳子上，挂在了她的脖子上。

"看起来还不错。"我点了点头，伸出手，让贝壳落在右手手心里。

"的确如此。"她表示赞同。

和我来找她的第一个晚上一样，我们又一起去了同一个公园，但是这一次我们没有坐在木头都裂开了的长椅上。这一次，我们走过沾满露水的草地，最后在一棵古树旁停了下来。

"给你，"我说，然后递给了奥克塔维亚一张纸条，上面有我昨天晚上在床上写下的文字，"这是你的了。"

她读完上面的内容，亲了亲那张纸，然后抱住了我，抱了好久好久。在这段时间里，我有许许多多的问题想要问她。我想知道她的家里都发生了怎样的故事，她和鲁布在一起的时候都做了什么，为什么他从来没有去过她家，她是不是和我一样，家里有其他的兄弟姐妹。但真实情况是，我什么都没有问。我们俩之间还隔了一堵很坚固的墙，虽然我知道总有一天我要面对一切，但我还不敢这么早就开始行动。

我告诉她我爱极了她的口琴发出的近乎长啸的声音。那天晚上，光是这句话就已经耗尽了我全部的勇气，这几个字也是花了好大力气才从我嘴巴里挤出来的。文字能够造就沟通的桥梁，这话不假，但有时候，我觉得关键在于什么时候该说什么话。必须知道什么时候才是最恰当的时机。

等我们又回到她家大门前，我一不小心对她多说了几句。我的声音似乎是自发地从嗓子眼里冒了出来。

"也许很快，"我说道，"你就可以告诉我更多关于你自己的事了。"我的语气中没有任何犹豫。一点都没有。

她看了看自己家的那座房子，看着洒满一整扇窗户的灯光。"好吧。"她一脸和善，很真诚。"我想我也不能完全按照自己的心意行事，我说的没错吧？除非别人同意，不然你也没办法沉溺在她们的身体里。"她说的没错。"礼拜天的时候还能见到你吗？"

"当然可以。"

很快，我亲了亲她的手，然后就离开了。

回到家时，我吃惊地发现史蒂夫就坐在前门廊上，他一直在等我。

"我还在想到底要坐在这里等多久呢。"我一出现他就冲我说道，"我都在这儿等你一个小时了。"

我向他走近了些。"然后呢？你为什么要过来找我？"

"来，"他一边说着一边站起来，"我们还是回我公寓去吧。"

"那我先回去一下，然后——"

"我已经跟他们说过了。"

史蒂夫的车停在街的另一头远一些的地方，我们坐上车，一路上也没说几个字。我打开了收音机，但不记得当时听了什么歌了。

"所以，这到底是怎么回事？"我问。我看着他，但是史蒂夫的双眼一直坚定地看着马路前方。有那么一会儿，我甚至怀疑他到底有没有听到我的问题。他的双眼上下打量我，但最后还是什么都没有说。他依然在等待。

等我们下了车，他说："我想带你见见某个人。"他重重地把车门关上。"或者更准确地说，我想让她见见你。"

我们沿着楼梯往上走，回到他的公寓里。房间里空无一人。

"她还在洗澡。"他提醒我。他站在房间里，泡了咖啡，然后倒了一杯放在我的面前。杯子里的咖啡还在打转，连带着我的倒影一同不停地旋转，仿佛要将我拉扯进那旋涡里。

有那么一瞬间，我以为接下来我们会像往常一样一问一答，他由此了解家里面每个人的情况。但我看得出他决定这次不这么发问。他之前已经回过家了，所以肯定已经了解到所有人的情况了。史蒂夫天生就不是那种会没话找话的人。

我有一阵子没去看他踢球了，所以就问了问他最近的比赛情况。他正在解释的时候，萨尔从浴室里走了出来，还在用毛巾擦头发。

"嗨。"她跟我打招呼。

我点了点头，微微对她笑了笑。

就是在这个瞬间，史蒂夫站了起来，先是看了看我，然后又看了看她。我马上就意识到像我之前怀疑的一样，之前，他确实跟她讲过鲁布和我做过的事。坐在赫斯维尔公园的长椅上时，不知道为什么，我曾经想象过那个画面。我仿佛能听到史蒂夫平静又严肃地说着，基本上是在否认自己和这两个弟弟的关系。但是现在他正在重新描述这一切，至少是在尝试去改变过去的印象。

"站起来。"他对我说。

我照他说的做了。

他喊了一声"萨尔"。她看着我，我看着她。史蒂夫继续说着："这是我的弟弟，卡梅伦。"

我们握了握手。

我像小男孩一样纤细、却又布满老茧的手。

她的手光滑洁净，闻起来有香喷喷的肥皂味。我猜她用的是那种我永远都没有机会用到的高级酒店的香皂。

透过我的双眼，她重新认识了我，我现在是卡梅伦了，而不再是史蒂夫的某个废物弟弟。

又过了一会儿，在回家的路上，史蒂夫和我稍微聊了聊，但只是聊了一些无关紧要的小事。在对话过程中，我突然打断了他。我的语气如同刀锋一样尖锐："你第一次跟萨尔提起鲁布和我的时候，你说我们是废物。你告诉她你为有我们这样的兄弟而感到羞耻，是不是？"我的语气还是很平静，没有透露出哪怕一丝丝的责备，尽管我已经尽自己所能表现得严肃了。

"不是的。"车子停在了我家门外，他否认道。

"不是吗？"我能看到他眼中流露出的羞愧神情，有生以来，我第一次看到他因为自己曾经的言行而感到羞愧。

"不是的。"他肯定地答道，并朝我看了过来，眼神中已经有了一种类似愤怒的情绪，好像他马上就要按捺不住了。"不是鲁布和你，"他突然解释道，整张脸看起来就像受伤了，"只这样说过你。"

老天。

老天，我心里想着，嘴巴大张。史蒂夫仿佛突然钻进我的身体里，将我的所有血脉撕扯开来。我的心脏仿佛被他捧在手心里。他低下头，仿佛能看到我的心脏。

它还在怦怦跳动。

重重落下，又高高弹起。

对于刚才史蒂夫脱口而出的真相，我没有做出任何评价。

我只是解开安全带，把我的心重新夺回来，然后飞一般地从车上逃离。

史蒂夫试图跟上我，但已经太迟了。我跑到门廊上，听到他一直紧追在我身后。他嘴里在喊着些什么，但声音都顺着落在了他的脚下。

"卡姆！"他大声喊着，"卡梅伦！"我快要跑到屋子里了，还能听到他在大喊着。"我很抱歉，那个时候我……"他又喊得更大声了些，"卡姆，之前是我做错了！"

我跑进门，把门关上，然后又趴在门口向外看。

史蒂夫的身影透过前门上的玻璃映在屋子里。他整个人一动不动，十分安静，仿佛在灯光中凝固了。

"我错了。"

他又一次说，不过这一次他的声音弱了下来。

一分钟后。

我心软了。

我慢慢地走到门口，打开门，我的哥哥就站在纱窗门的另一侧。

我等了一等，才说："别担心我，没什么大不了的。"

我还是很受伤，但像我说的那样，确实没什么大不了的。我之前就受到过类似的伤害，我以后也还会受到同样的伤害。史蒂夫现在一定希望自己从来就没有发过这种善心，就不应该告诉萨尔我并不是她想象中的那种废物。他这样做的结果，反而向我证明了我在他眼里不仅是一个没救了的废物，还是唯一一个没救了的废物。

很快，我就像被砍了一刀。

我感受到一阵强烈的刺痛，仿佛整个人都被割裂开来。我所有的思绪都被搅乱了，最后，只有一个念头还留在我心底。

那些文字和奥克塔维亚。

就是这句话。

这句话在我体内来回摇摆。

这句话拯救了我。我轻轻地对史蒂夫说："别担心，哥哥。我不需要你告诉萨尔我并不是个废物。"我们中间依然隔着那道纱窗门。"我也不需要你这样跟我讲。我知道我是什么样的人。我知道我能看到些什么。也许未来的某一天，我会跟你讲更多关于我的事。但是现在，我想我们只能这样等着，看看未来到底会发生什么。我现在离我想要成为的人还差得很远，而且……"我体内有种感觉，经常有这样的感受。我顿了顿，迎上他的目光。我透过纱窗门直直地看向他："你听到过狗叫吗，史蒂夫？你知道吗，就是那种很大的咆哮声，让人几乎无法忍受的声音？"他点了点头。"我觉得，它们之所以叫得那么大声，是因为它们实在是太饿了，饿到痛到无法忍受。我生命中的每一天都有这样的感受。我是那么饥渴，渴望成就点什么——渴望成为某个人物。你听明白我在说什么了吗？"他听懂了。"我并不会一蹶不振。并不会因为你就颓废，也不会因为任何人而丧气。"我最后说，"我只是感到饥饿，史蒂夫。"

有的时候，我觉得这是我这一辈子说过的最棒的几句话。

"我很饥饿。"

之后，我又关上了门。

但我没有用力摔门。

当一条狗已经死掉之后，你是不会再对着它补开一枪的。

狗叫时

我们现在已经来到了城市的纵深处，狗停下脚步，转过身来面对着我。它的眼神中流露出比往常更凶猛的饥渴。

饥渴又傲慢。

迫切地想要满足自己的欲望。

它影响到了我，让我的心向自己内心更深处探寻。我的心脏也因此更强大，跳动得更有力、更坚定了。

它选择在这个时刻让我看清自己到底是什么样的人。

大风又刮了起来，天空中逐渐刮起了一阵旋风。

闪电在咆哮，雷声在我们头顶轰鸣。

这条狗开始咆哮了。

它声音低沉，全身的毛都竖了起来，愤怒地冲向天空。仿佛是从它内心深处，从它的灵魂里，从它所有的直觉里，它开始咆哮。

它愤怒的咆哮声盖过了头顶的隆隆雷声。

它的咆哮声盖住了闪电的霹雳声，盖住了怒吼的风声。

它仰着头，仿佛是要征服这片无尽的天空。它发出饥渴的怒吼，我能感受到那股愤怒撕裂了我。

我也同样感到饥渴。

那是我的骄傲。

我笑了起来。

我笑了起来，就连眼角都感受到了那种饥渴。饥渴真是一种非常强大的力量。

13

电话一直在响。礼拜三的晚上。刚过七点钟。

"你好，哪位？"

"是鲁布·沃尔夫吗？"

"不，我是卡梅伦。"

"那我跟你说，"那个声音继续说，语气和善但很不客气，"你能帮我把他喊过来吗？"

"好啊，你是谁？"

"谁也不是。"

"谁也不是？"

"听好了，伙计，赶紧喊你哥哥过来接电话，不然我们就把你也好好揍一顿。"

我吃了一惊，把听筒远远拿到一边，然后又重新把它贴在耳朵上。"我会去喊他过来的，稍等一下。"

鲁布正和小贱货朱莉娅待在我们的卧室里。我敲了敲门，走进房间，说道："鲁布——有人打电话找你。"

"谁找我？"

"他们不肯说。"

"那你去问问他们。"

"我看起来像是你的秘书吗？赶紧起来接电话。"

他看着我，眼神很奇怪。他起身离开，留下我和小贱货朱莉娅单独待在房间里。

小贱货朱莉娅说："嗨，卡姆。"

我说："嗨，朱莉娅。"

小贱货朱莉娅笑了笑，脸靠得更近了些。"鲁布一直跟我说你不怎么喜欢我啊。"

我连连后退。"好吧，我猜他可以和你说任何他想说的话。"

小贱货朱莉娅感觉到我对此完全不感兴趣。"他说的是真的吗？"

我说："怎么说呢，说实话，我也不知道。鲁布做什么我都管不着……不过我很确定，不管这个电话是谁打来的，对方都想杀了他，而我觉得大概率是因为你。"

小贱货朱莉娅大笑起来。"鲁布已经是个大男孩了。他可以照顾好自己。"

我说："这倒是真的，但他同时也是我的哥哥。我绝不可能让他一个人流血。"

小贱货朱莉娅说："那你还真是个高尚的人啊。"

鲁布回到房间里，他说："我不知道你在说什么，卡姆。电话那边压根儿就没有人。"

"我跟你说，鲁布，"我一边往外走一边告诉他，"刚才电话另一头有个家伙，听起来想要杀了你。所以下一次电话再响时，你自己起来去接电话吧。"

电话确实又响了一次，这一回，鲁布跑出房间，终于接到了电话。他们又一次把电话挂断了。到了第三次，鲁布直接冲着电话另一头咆哮起来："你们倒是张开嘴说话啊。如果你们想找鲁布·沃尔夫，现在跟你说话的就是，所以有屁快放！"

电话的另一头没有任何回应，那天晚上也没有再打过来。但是朱莉娅离开之后，我能看出鲁布陷入了沉思。对于鲁布·沃尔夫来说，这算是相当严肃的状况了，因为他现在像我一样明明白白地意识到，有大事要发生了。在我们的卧室里，他就那样看着我。我们的眼神交汇，他仿佛在告诉我马上就会有一场大战。

他坐在自己的床边。

"我猜你之前的那种糟糕的预感应验了，"他跟我说，"关于朱莉娅的那种预感。"鲁布不像是那种会害怕的人，因为我们都知道他能照顾好自己。他是我们这一带最受欢迎同时也最让人畏惧的人物。唯一的问题是没人知道即将发生什么。这只不过是一种感觉，但我能感觉到鲁布现在和我一样有了这种预感。我能从他身上闻到担心的气味。

"如果发生了什么事，"我跟他讲，"我会陪在你身边的，放心吧。"

鲁布点了点头。"谢了，老弟。"他对我露出微笑。

第二天晚上，电话又打了过来，接下来的那天晚上也是如此。

礼拜五晚上，电话第三次响起的时候，鲁布接起电话，大吼道："到底想要怎样！？"

随后，他变得沉默起来。

"是啊。"他顿了顿又说，"是啊，很抱歉刚才那么大声。"他看向我，耸了耸肩。"我让他接电话。"他把电话拿到一边，捂住话筒。"是找你的。"他把电话递给我，若有所思。他到底在想什么？

"喂，你好。"

"是我。"她说。她的声音通过电话线传递到我耳边，抵达我的灵魂。"你明天要干活儿吗？"

"一直要干到四点半左右。"

她想了想。"也许，"她说，"等你回来，我们可以一起做点什么事。我会带你去个地方。"她的声音很温柔，但是带着一丝紧张。"我会告诉你一些事。"她的声音变得激动起来，仿佛在颤抖。

我不受控制地微微一笑。"真好。"

"好的，那我四点半多一点就过去找你。"

"好的，到时候见。"

"我得走了。"她差点把我噎住，之后也没有跟我告别，只是说了句"我还在看着表呢"，然后就挂断了电话。

等我放下电话，鲁布问了我预料之中的那个问题。

"刚才是谁打过来的？"他啃了一口苹果，"她的声音听起来有点耳熟。"

我走近了一些，坐到厨房的桌子旁，咽了下口水。我将注意力集中在自己的呼吸上。就是这个时刻。这是那个命中注定的时刻，我必须要说出来。我说："还记得奥克塔维亚吗？"

什么反应都没有。

水龙头滴滴答答。

水珠溅落在水槽里。

鲁布正要再啃一口苹果，却突然意识到我说了什么。

他的头歪到一边。他咽下嘴里的苹果，开始回忆着什么，而我一直在想，哦，不要啊，见鬼，接下来到底会发生什么事？

是有什么事发生了。

鲁布站起身，走过去关紧水龙头，又转过身来说："行啊，卡姆。"就在这个时候，有些事发生了。他大笑起来。

这到底是友好的笑还是充满敌意的笑？友好的笑？充满敌意的笑？友好的笑？充满敌意的笑？我无法判断，于是我静静等待着。

"怎么了？"我再也忍不住了，直接问他，"快告诉我。"

我有点紧张，但还是告诉了他之前发生的一切。我告诉他自己有一次站在格里布区那个女孩家门口时，奥克塔维亚也出现在了那里。我跟他讲了乘火车追她的事，贝壳礼物的事，还有——

"没关系的。"他说。他的表情甚至有些自豪。"……那个奥克塔维亚，"他又摇了摇头，"她是个很棒的女孩，你明白吗？当然了，她有一点点不正常，但是，"他继续说，"她很不错。你配得上她，卡姆，比我配得多。"他在等我正视他。他等了好一会儿。"好吗？"

我慢慢点了点头，表示同意。"好的。"

"很好。"

"你没有生气吗？"

"你这话说的，我为什么要生气？她这样的女孩需要被好好对待，你能做到，我却做不到。"紧接着，他说了句实话，比史蒂夫所说的那句过分得多的实话。只不过，鲁布这话是对他自己说的。"我吗？"他自言自语，"我把这个女孩子当作粪土，但是她现在有了你。也许你会把她当作女神捧在手心。是不是啊，卡姆？"

我微笑起来，但是并没有露出牙齿。

他又重复了一遍这个问题："是不是啊，卡姆？"我们两个人都很清楚答案是什么。

这一次，我没有办法藏起笑意。鲁布和我都大笑起来。我们又在厨房里坐了一会儿。

"你们两个怎么笑得这么开心？"萨拉走进厨房，问我们。"厨房里就像刚演完了一集《史酷比》① 一样……"

鲁布拍了拍手。"你听到这件事就明白了。"他几乎是大喊出来。

"还记得奥克塔维亚吗？"

"当然了。"

"好的，那我告诉你是怎么回事，你马上又可以经常看到她了，

---

① 60 年代美国热门卡通系列剧，故事的主角是一只会说话的大丹犬史酷比。

因为——"

"我就知道！"萨拉直接打断了他。她伸出手指着我："该死，我就知道有个女孩子出现了，你这个小混蛋，你还什么都不肯告诉我！"我从来没见过萨拉笑得这么开心。"等一下！"她喊着。大概过了三十秒，她又冲了回来，手里拿着自己的拍立得，给鲁布和我抓拍了一张照片，我们两个人都倚在水槽旁，一边聊天一边大笑。

我们凑在一起，看着照片上逐渐显现的人影。很快，我就看到了鲁布乱糟糟的头发和我自己咧开嘴露出的笑容。鲁布手里还握着那个苹果，我们站在那里，倚靠着水槽大笑着。我们两个人都穿着牛仔裤，鲁布穿了件法兰绒工作衫，而我穿着印着涂鸦的旧夹克衫。鲁布正看着我，嘴里在说着什么，我的脸上写满了浓郁的笑意。

萨拉把照片拿近了些。

"我爱极了这张照片。"她不假思索地说，"一看就是一对好兄弟。"

好兄弟之间到底该是什么样子呢？我心中暗想。我们都继续盯着照片看了好久，水龙头还在滴滴答答地向水槽里漏水，只不过水声变小了许多。

后来，我又去了萨拉的卧室，想再看一下那张照片。

她说："奥克塔维亚啊，嗯哼？"我看不清她的脸，但我能感觉到她声音中的兴奋。"她很美，卡梅伦。"她的声音太低了，以至于我差一点没听清她在说什么。"她很美。"

"像你一样美。"我想这么说，但终究没有说出口。萨拉保持现在这个状态已经有段时间了。几段和男人不愉快的感情经历导致我姐姐单身有一阵子了，但是我每次看向她的时候，她都并没有显出不开心的样子。她只是重复了那天晚上在走廊里说的话，而那已经像是几年前发生的事了。"对你来说是件好事，卡梅伦。是件好事。"

第二天，帮工的时间似乎过得格外缓慢，我一直在等着工作结束。时间仿佛双膝跪地，双手撑在身前，不情不愿地被拖着往前走。

等我们回到家，不是四点半，已经快五点了，奥克塔维亚已经在厨房里等我了。她正在和鲁布讲话，两个人之间没有任何敌意，也没有觉得尴尬。

至于我，我站在那里，望而却步。

她没有化妆，头发上没有喷任何发胶，身上穿的也只是普通的衣服。没有穿紧身衣。没有穿紧身牛仔裤。没有戴任何首饰，除了那个贝壳，就那么挂在她的脖子上。

但是她真是可爱极了。

她是那么……

天哪，我没法用语言形容。即便是现在，我也讲不出来。

"怎么样？你要过来亲亲我吗，卡梅伦？"她语气平静，眼神真挚，我入了迷。

我震惊了。

为那份美。

为她说的这句话。

快点过去，我告诉自己。很快，我就握住了她的手，亲了亲，然后是手腕，然后是她的嘴唇。

"他找到你了，"妈妈说，"真是不错。"她走进厨房，看了看我。我想起了前不久——也就是刚进入冬天的时候——她在这间厨房里跟我讲过的话。她告诉我有那么一对兄弟，其中的一个终究会成长起来，不再会为曾经的自己而感到羞愧。也许她也想起了这件事。她说："你最好抓紧收拾，卡姆。我觉得奥克塔维亚已经在这里等得够久了。"

我去冲了个澡，换了身衣服，在这之后很快和奥克塔维亚一起出了门。没有人叮嘱我要在几点钟之前回家，也没有人说不要回来得太晚。没人说这种话。首先，我的家人都已经习惯了我在城市的街道四处游荡；其次，如果我晚上在外面待到太晚，那也是要到下一次出门之前才会有人提醒我。在我们这个家里，你是有独立行动的机会的，但这种独立具体能持续多久就全看你个人的表现了。萨拉好多年前就已经完全独立了，鲁布马上也要到那个年纪了。但是对我来说，还是小心一点为好，我从来都谨慎行事。

"我们可以走了吗？"奥克塔维亚问。我帮她把门打开，我们离开了家。

沿街走出去好远，我才意识到我完全不知道要去什么地方。于是我开口问她。

但是奥克塔维亚还是继续目不转睛地盯着马路前方，她只是说："你会知道的，不是什么特别的地方。"她听上去心满意足，仿佛这世界上别的都无所谓，只有我们两个人是最重要的，至少今晚是这样。她的手摸索着找到了我的手，于是我牵起了她的手。我们没有更多的交谈，不过这也不要紧。步行的标识牌出现在某个交叉路口。我们穿过马路。我小心翼翼地避开排水沟。

"来这边。"过了一会儿，她说。她带着我避开一大群人，来到了一条狭窄拥挤的小巷子里，走到一个小小的电影院前。"你介不介意和我进这个电影院看看？"她问我。"我其实有点喜欢老电影，这个地方每个礼拜六都会放映一些经典老片。"

"听起来不错。"我回复她。我的意思是，我们就摊开了实话实说吧。哪怕这个女孩子邀请我跟她一起下地狱，我都会欣然赴约。我绝对不可能反驳她，所以我们就走进了电影院。

我们去了电影院，电影很好看。

上映的电影是《愤怒的公牛》，管电影院的家伙似乎认识奥克塔维亚，所以尽管他嘴上说着不应该这么做，还是放我们进了场。看电影的间隙，我想起之前去看电影的时候，会看到一些我的同龄人在电影院约会，他们吃着爆米花，打扮得漂漂亮亮，还会在超市的自助照相亭里拍美美的大头照。

有一件事毋庸置疑。

我们不是这种人。

在看电影的过程中，奥克塔维亚突然向我靠过来，我以为她要亲我了，但是并没有。当然，这并不代表我们不像其他情侣一样热络。

她睡着了。

我看着她，抚摸着她的头发，看着电影里的罗伯特·德尼罗到处打架，变得越来越胖，越来越丑，也越来越刻薄。电影是黑白片，我能感觉到一个女孩呼出的空气打在我的脖子上。我能感觉到她的胸脯轻轻靠在我的肋骨上。

我感到很开心。

等到大屏幕上开始出现演员表，我用指背轻轻抚摸了她的脸颊。我温柔地呼唤她："奥克塔维亚。"我又喊了一次："奥克塔维亚。"

她醒过来，吃了一惊，为周围一片漆黑而恐慌，但很快反应了过来。"谢天谢地，"她轻声说，"卡梅伦，是你啊。"大屏幕上的演员表还在滚动，她稍微动了动身子，然后平静地对我说："你能亲亲我吗，卡梅伦？"

我抱着她，低下头。

我还记得那个时刻的感觉，那是我这辈子拥有过的最美好的回忆之一。

在我向她凑近的瞬间，她一把把我扯到她身边，我们的牙齿在黑暗中碰到一起。她的嘴唇包住我的嘴唇，不知道为什么，我们的牙齿撞到了一起，那声音一直在我体内回响。我很喜欢这种感觉。这种意外触发的真实感。

放映厅里的灯光渐渐由暗转明，奥克塔维亚平静地说："你知道吗，卡梅伦，你是第一个让我想要接受你的亲吻的人。你是第一个我主动索吻的人。"

这让我有点吃惊。

"你从来没有这样要求过鲁布吗？"

"他不需要我这么问。"

"我猜，"我反应过来，"我应该能想到这一点的。"如果鲁布想要什么，他绝对不会徒劳地等待。但对于我来说，要权衡的东西太多了。

　　"重要的是，"她轻轻把我的头扳向她的方向，"我喜欢这种需要向你提出要求的感觉。这一点让你变得和我之前遇到的所有男孩都不一样。"她又一次亲了亲我。温柔，缓慢。"你才是我想要交往的那种人。"

　　来到电影院门外，她提出最好现在就往家走，于是我们一起走回中央车站，在地下站台等候列车。像往常一样，站台上挤满了前去参加派对的社交达人、神经错乱的疯子、偷香烟的窃贼和酒鬼，他们之间的对话和他们的思绪萦绕着整个站台。奥克塔维亚跟我讲了她吹口琴的事，她告诉我这可能是她唯一热爱的事业和精神寄托。等她要坐的列车缓缓驶进站，我们都往车厢看过去，看着车门打开，然后坐在原地看着车门关上，列车又驶出车站。同样的事情又发生了三次。

　　"我简直不敢相信我竟然睡着了。"当第四辆车带着风声呼啸而来，她还在一边摇头一边这么说。列车卷起的风带着地上的垃圾向前滚动，还给整个站台带来了一股寒意。

　　又一次，列车停下，车门打开，奥克塔维亚还是一动不动。我很高兴。她让我告诉她电影最后讲了些什么，我对着那双眼睛娓娓道来，但是看得出她满眼疲惫。我能看出她的眼里有隐瞒着什么的情绪，或者说，她的双眼埋葬了什么，但我依然没有发问。我记得她在电话里跟我说过会告诉我一些事，我猜关于口琴的话题是倾诉的开始。她说自己是八岁那年开始学口琴的，等到了十四岁，她觉得自己已经可以通过演奏来赚钱了。我问她都在哪些地方演奏过，她有点尴尬地列举了整座城市的三十多个地点。她告诉了我很多曲子。最开始演奏的那首，上一次演奏的那首，最好听的那首，最难听的那首。她和鲁布在一起的时候，我看得出她很开心。和我在一起的时候，我看得出她既开心又满足，但我还从没见过她现在这个样子。这是一种骄傲的情绪，某种意义上讲，我与这种情绪很亲近，也许是因为我最初写下的那些文字。

同时，她还告诉了我一些稀奇古怪的事。

她过去特别爱吃奶酪洋葱圈。

她特别讨厌席琳·迪翁。

她热爱口琴、走音的小提琴和咸咸的海水。

她说她最喜欢的歌手："目前是丽莎·热尔马诺，其他人完全无法与之相比，热尔马诺把其他人远远甩在了身后，就像吹过隧道的这阵狂风一般。"

最喜欢的电影："某部法国片。我不记得电影的名字了，但是真的是妙不可言。"

最喜欢的歌曲："《小脑袋》，丽莎·热尔马诺的歌。"（这个人到底是谁啊？）

最喜欢的时尚单品："这个简单，那串贝壳项链。"

最喜欢的人类发明："桥。为什么他们能把那么巨大的桥塔直接建造在水下？这对我来说一直都是一个谜团。"

她人生中最糟糕的时刻："无可奉告。"

最美妙的时刻："有两个，让人难以选择。一个是要求卡梅伦·沃尔夫站在我家门外那次，一个是那天和他一起跪在港口，抛下所有的自我怀疑，让我的嘴唇印上他的嘴唇的那次。"

最喜欢的饮品："没有。"

最喜欢的声音："空荡荡的电影院里牙齿碰到一起的声音。"（她居然也这么觉得，真令人高兴。）

最失望的事："我很快就会告诉你的。"

等下一班列车进站，她说："我必须得搭乘这一趟车了。"她走到车上，身子又探出车门，最后一次碰了碰我的衣袖。她开口想说什么，但是车门已经关上了。

"这个，"她透过窗户大喊，"这就是最让我失望的事。"

这也是最让我失望的事，尽管在电影开场之前，她就跟我说她明天还会在上周待的同一个地方吹奏口琴赚钱……

列车开了出去，我又等了一会儿，然后才走回电梯旁。我回到了伊丽莎白大街，最后回到了家中。

又一次，我无法入睡。

这一夜，与奥克塔维亚有关。

有时候，我的脑海中会突然蹦出和史蒂夫有关的回忆，以及关于其他沃尔夫成员的记忆。但最常想起的还是史蒂夫。对于本周发生的那件事，我并没有生他的气，明天去码头之前，我还想去他公寓找他。

到了早上，我吃过早饭就去了他家。我没有按门铃，因为他和萨尔就站在阳台上。他没有喊我上楼，相反，他从阳台上消失，很快就到楼下见我了。我猜这也表达了一种态度。他想体现出是他主动来找我的。

他张开嘴想要说些什么，但是我抢先一步。

"你今天要在哪里踢球？"我问他。

史蒂夫抬头往阳台上看了看，并没有回答我的问题。他只是说了声"谢了"，应该是想说感谢你没有因为那件事而恨我。

他提出请我吃早餐，但我没有答应。我离开公寓楼，走到阳台看得到的地方，抬头对着萨尔大喊："我们改天再见。"

"明天或者礼拜二晚上我可能会来找你，"我向史蒂夫提议，"也许到时候我们可以一起去小球场。"

"好啊。"他回复道。我们就这样分头走开。

等我快走远时，突然听到了他的声音，他又一次喊住我。

"嗨，卡姆！卡姆！"

他跑向我，在离我还有十码远的地方站住，正好是可以听到对方说话的距离。他说："我没想到你会来我这儿，至少没想到你这么快就会过来。"

"怎么说呢，"我拉开夹克衫的拉链，"你曾经把那四个家伙挨个儿揍了一顿，我猜我可以原谅这样的哥哥管自己叫废物。再说了，你说得也有点道理，不是吗？"

"如果是我的话，可能会恨你一辈子。"他坦诚地说。

我只是摇了摇头："没关系的，史蒂夫。回头见。"

这一次到了码头，我没有任何疑虑就下了车。我所有的思绪都聚拢到了奥克塔维亚的身影和口琴发出的声音上。站在站台上，我眺望远方，看到一群人围在她身边，看她表演，听她吹口琴，用心聆听她演奏的乐曲。

我看到了她，快速走了过去，但是真走到跟前，我并没有挤进围绕在她身边的人群里，至少没有直接挤进去。我往边上靠了靠，坐在地上听她演奏。口琴奏出的旋律传进了我的耳朵。

"糟糕的演出。"她说。她结束表演后便立马找到了我，蹲下来，从身后抱住我。"只赚了四十八块六十分，"她补充道，话语轻抚过耳际，"但也不算太坏。来吧，卡姆，我们走吧。"

我站起来，朝桥下走去，但是她没有跟上来。今天没有。她说："你想玩得更嗨一点吗？"

"嗨一点？"我发出疑问。

"是啊。"她露出一个有点自嘲又有几分危险的笑容，直到我们返回市中心，回到高塔附近，我才若有所悟。我们走了进去，我要掏钱买票，但是她拒绝了。

"这是我的主意，"她一边把我的钱塞回到我的口袋里一边说，"是我带你来的，我要带你到塔上去……再说了，昨晚看电影是你买的票。"

我们走进电梯，直接升到塔顶，顶层有一些美国游客，看起来像是专业的高尔夫球手，还有周末出游的一家人，其中一个小孩子一直踩我的脚。

"这个小混蛋。"我真想这么说。如果我和鲁布在一起的话，我可能已经说出来了，但是和奥克塔维亚在一起，我只是看着她，给她递了个眼神。她也冲着我点了点头，好像在说："我也这么认为。"

我们一来到塔顶就把整个顶层转了个遍，我情不自禁地寻找着自己家的那座小房子，想知道房子里正在发生什么，期望着、甚至是祈祷着家里的一切都顺利进行。这种期望也包括祝福家里的每一个成员在我可以预计到的未来都一切顺利。我对着一个我完全搞不明白的神明祈祷，像往常一样，我站在那里，下意识地轻轻敲击着胸口。

尤其要关照这个女孩啊，我祈祷着。神啊，保佑她一切顺利。好吗？行不行啊，万能的神明？

这个时候，奥克塔维亚注意到我的拳头在轻轻敲击胸口。神明并没有应答，反倒是这个女孩提出了一个问题。

她问我："你在做什么？"我能感觉到她用一种好奇的眼神看着我。"卡梅伦？"

我的注意力还集中在匍匐于我们脚下的这座城市上。"我只是在……类似于祈祷，你明白吗？"

"为什么祈祷？"

"为了你。"我顿了顿，继续说，几乎要笑出声来。"我差不多有七年没去过教堂了……"

我们在塔顶待了一个多小时，奥克塔维亚给我讲了更多关于她自己的事。

几乎没有朋友。

花很多的时间待在地铁里。

她告诉我，有一次，她放在学校的口琴被人偷走了，她最后是在马桶里找到的。

她在告诉我自己是什么样的人，还有，我猜她也是想解释为什么自己总来这个地方。

"我经常到这里来。"她告诉我，"我喜欢这个地方，我喜欢这里的高度。"她甚至顺着铺了地毯的台阶爬到窗户边，然后站在那里，脸靠在窗户上。"你要过来吗？"她问我。说实话——我试过了，但不管我有多想将身子前倾靠在窗户上，我都做不到。我一直有种自己会掉下去的恐惧感。

所以我只是坐在那里。

但只维持了几秒钟。

看到我的状况不太好，她又顺着台阶爬了下来。

"我是很想靠过去的。"我说。

"没关系的，卡姆。"

问题是，我知道有些事我必须要问她，所以我就问了。我甚至向自己保证，这是我最后一次问这种问题，尽管我也不能确定我以后是否真的不会问了。

"奥克塔维亚？"我耳边仿佛一直回荡着她说自己经常会爬到塔上来的事。即便我再次开口，她的声音也还萦绕在耳边。"你也带鲁布来过这里吗？”

慢慢地，她点了点头。

“但是他能将身子靠在玻璃上，”我直接给出了我接下来要问的那个问题的答案，“对不对？”

她又一次点了点头。“是的。”

我也不知道为什么，这一点似乎很重要。确实很重要。我感觉自己像个废物，因为我哥哥可以探出身子靠在玻璃上，我却不行。某种意义上讲，这让我觉得自己彻底没救了。就好像我连他的一半男子气概都没有。

一切都是因为他能靠在玻璃窗上，我却不行。

一切都是因为他有那个勇气，我却没有。

一切都是因为……

“这说明不了什么。”她捕捉到了我的思绪。“对我来说没什么意义。”她又想了一下，转过头来面对着我：“他确实是整个身子靠在了窗户上，但是他从来没能让我有和你在一起的那种感觉。在你出现之前，我觉得只有在吹口琴时，我才是活生生的人。但是现在，就好像……”她努力寻找词语，想要准确地描述出来而不是听起来像在解释什么。“我和你在一起的时候，我感觉到自己已经超越了自我。”她替我做总结。“我不想要鲁布。我不想要别人。”她的双眼仿佛正平静地将我吞噬。“我想要你。”

我的目光。

垂了下来。

我先是看了看自己的鞋子，然后抬起头，看着奥克塔维亚·阿什。

我想说声"谢谢"，但是她把手指贴在我的唇上，堵住了我要说的话。

"你要永远记住这一点，"她说，"好吗？"

我点了点头。

"你要说出来。"

"好的。"我说。她冰凉的双手抚上我的脖子、我的肩膀，最后捧起了我的脸。

碎玻璃

我们来到一块玻璃幕墙前，幕墙在夜色中高高矗立。

我们朝着那个方向走去，我很清楚自己必须要做什么。那条狗往后退了几步，慢慢地，极为不安地，我身子前倾，靠在玻璃上，浑身发颤。

有那么一会儿，我只是低着头往下看，于是第一次看到脚下笼罩着一层薄薄的迷雾。雾气荡漾，闪闪发光，每过一会儿就变得更加耀眼。

有那么一会儿，玻璃幕墙很结实，但是很快，不可避免的事发生了。

玻璃开始碎裂。

整块玻璃分崩离析，彻底坍塌。

惯性推着我向前倒下，我被一种超乎想象的速度扯向地面。

整个世界在我眼前扩展开。

我向着更深处掉落，速度越来越快，在我周围，我看到自己认识的所有人和了解的所有事都化成幻象。其中有鲁布和史蒂夫、萨尔、萨拉、爸爸和妈妈，还有小贱货朱莉娅，她看起来格外撩人。就连那个理发师也在，正在费力地剪着我的头发。

但我心里只想着一件事。

奥克塔维亚在哪里？

当我离地面更近了些，我注意到自己实际上是要落到水里了。海蓝色的水面一片平静，直到……

我冲入水下，掉落到更深处。我被海水环绕。

我要淹死了。我心想。我要淹死了。

但是我脸上还挂着笑容。

14

"你今天晚上到底关不关灯了？"鲁布问我的时候，我才写到一半。现在是礼拜天晚上，刚过十一点半。

"很快就好。"我说。

"抓紧时间。"

我很快写好，爬到床上，脑海里都是那天下午发生的事。像往常一样，我躺在床上，看到我的人生像电影一样在天花板上放映起来。

等我们从高塔上走下来，奥克塔维亚就跟着我回到了我家。我们和萨拉一起打了牌，就连爸爸和妈妈也坐下来玩了一轮。当然，最后赢的人肯定是爸爸，但是总体来说，是个相当愉快的下午。我很快就发现了那张沾着玉米片的纸牌。是一张方块 Q。

奥克塔维亚要离开时，妈妈开口挽留。"留下来吃晚饭吧。"她说。

但是奥克塔维亚并没有留下来。也许是因为她对妈妈的厨艺水平早有耳闻，但我觉得更有可能是因为她要赶着回家。

"不管怎样，还是谢谢了。"她说完，我们就一起去了车站。

我当时不知道的是，我们走出前门的时候，透过纱窗门，萨拉想方设法用她的拍立得又给我们拍了一张照片。早先我们一起打牌的时候她就拍了一些。没有一张是刻意的摆拍。她就只是拍下我们当时的样子，然后给了奥克塔维亚一张让她带回家。照片没什么特别的。我们各自拿着自己的一把牌，但是我们的膝盖碰在了一起，如果你仔细看的话，还会发现奥克塔维亚正准备说点儿什么。我被拍得不怎么好看，因为眼睛半闭起来，头发也是乱糟糟的一团，但是奥克塔维亚挺喜欢的，所以萨拉就让她把照片拿走了。

我从车站回到家后就牵着米菲出去散步了，等我再次回到家，我发现另一张照片就放在我的枕头旁边——就是我们出门前萨拉拍下来的那张。这一张确实拍得不错。实话说，拍得好极了。

透过有点残破的纱窗门，你能同时看到我和奥克塔维亚两个人的身影。我们走向厚重的大门，走向外面的大马路，双手触碰在一起。灯光在我们两个人之间闪烁，只有双手相交的地方有一片阴影。当我发现房间里的这张照片后，我马上就去找萨拉了。

"谢谢你。"我对她说。我并没有把照片拿在手里，也压根儿没提这件事，但她明白我在说什么。

我把照片和我写的东西放在同一个抽屉里。上床睡觉之前，我吻遍了那个女孩的全身，直到我的唇印都粘在了照片上。

躺在床上，我突然意识到，尽管这个周末奥克塔维亚告诉了我许多事，我一直在琢磨的那件最重要的事还是个谜团。

那座房子。

她的家人。

她从来没有提过他们，一次都没有。

我完全不知道她有没有兄弟姐妹，但是话说回来，几个月之前她还和鲁布在一起的时候，我的猜测是她并没有兄弟姐妹。这件事从未被提及，也没有人谈起过。现在，尽管知道了口琴的故事，知道了她喜欢高塔的巍峨，还知道了其他许多事，而我依然完全不知道她来自何处。

有一瞬间，我都想要把鲁布叫起来，问他几个问题了。但考虑到他之前已经抱怨过我一直开着灯的事，我觉得如果现在开口和他讲话，他一定会很不痛快。况且，我记得鲁布自己也有一堆麻烦事要解决。我开始想象那些无声电话最后会以什么样的结局收场。我只知道有些暴力事件马上就要发生了，跟鲁布有关，这还是我第一次拿不准他究竟会有什么样的结局。过去，我总是知道我哥哥会是笑到最后的那个。这一次我不这么确定了。我只能等着看事态怎样发展。

终于，疲惫席卷了我，我沉沉睡去。

第二天，像之前很多天一样，电话响了很多次。到了礼拜四，鲁布每次接电话，刚拿起听筒就会重重将它摔回去。

有天晚上，我们一起去找了史蒂夫，但是并没有发生什么大事。我们只是练了练射门，喝了黑咖啡，聊了聊足球和家人，还时不时开几个小玩笑。

回家的路上，鲁布突然停了下来，我们便一起坐在了排水沟旁边。我们好久都没有开口讲话，我一直等着他先说。

大约过了五分钟，他说："不管这家伙是谁，他确实把我惹恼了。"

"你问过她这个人的事吗，那个女孩叫啥来着？"

"朱莉娅吗？"

"是的。"

"她觉得他算不上是个聪明人，不过他实在是太闲了，还有很多朋友。"

"朋友？"

"朋友。"他肯定了这一点。"我想过找他算账，但我不可能不分青红皂白就去教训他一顿。如果这次我这么做了，只会更加倒霉。"

"但是，假如你在他找上你之前先找上他，你就可以出其不意地袭击他。在一切还没开始之前你就可以结果了他。"

"不行。"

我又想了想。"好吧，但是鲁布，你要记住——如果情况变得很糟糕，你要告诉我。我知道我没你厉害，但是我们两个人总好过你一个人单打独斗。"

鲁布将手搭在了我的肩膀上。就这样，我们一起走回了家。

礼拜五那天下午，奥克塔维亚很早就来找我了。我们坐在我家前门廊上，看着鲁布从街的另一边拉着练习拳击用的沙袋往回走。"还需要更多的练习。"他微笑着解释。我们帮他把沙袋搬进门，放到了地下室。

他把沙袋挂在房梁上，接下来差不多一个小时，我们都能听到他重重地击打沙袋的声音。从某种意义上讲，我对于任何想要扳倒鲁布的人只有满心的怜悯和同情，没有任何别的情绪。即便对方不止一个人，他们一群人里也至少会有好几个人受伤，因为鲁布既有速度又有力量，而且出手时毫不犹豫。

电话响起，我拿起电话，让对面那个家伙稍等一会儿。"我哥哥想和你说几句话。"我说，"我是说，现在这事搞得越来越荒谬了。你每天都要来三次电话，什么都不说。我开始觉得你实际上是很喜欢我哥哥，而不是想杀了他了——不然你直接揍他一顿不就完事儿了。所以别急着挂电话，稍等一下。"

我走到地下室。

"什么事？"

一般情况下鲁布是不会出这么多汗的，但是痛快地打了一个小时的沙袋之后，他整个人都仿佛浸泡在了汗水里。

"是他。"我告诉他。

他迈上地下室冰冷的水泥台阶，几乎是一把把电话拽了起来。

"你现在给我听好了，"他咆哮道，"明天晚上八点，我会去老火车场那里等你。你知道那个地方在哪里吧？对，就是那个地方。如果你想摆平这件事，就去那里找我。如果你不想，就不要再给我打电话了——你可真是让我恨得牙痒痒。"那边是长时间的沉默。鲁布屏气聆听。"很好，"他再次开口，"就你和我两个人，单独解决。"又一次，他停下来听对方说话。"好吧，我们可以带人去，但是真的到了最后，就是你和我两个人的事情。不要找帮手，不许耍花招，这事儿就算完了。再见。"他重重扣下电话，我看得出他已经开始在自己的脑海里打斗了。

"所以这就算宣战了？"我问他。

"很明显是的。"他回去关上地下室的门。"谢天谢地。"

然后电话响了起来。又一次。

"别担心，"鲁布径直走过我，开口对我说，"我来接。"

他接起电话，很快，我就看出又是那个伙计打来的。看得出鲁布不怎么高兴。

"这次又是什么事？"他冲着电话那头大喊。"你不行？！"他变得越来越烦躁了。"你听好了，伙计——是你想要杀我，所以你最好赶紧下定决心什么时候动手。"他又想了想，"那这个礼拜某个工作日怎么样？不行吗？那下个礼拜六如何？你能不能查查你的行程表，确定那天确实没有别的安排？"他又等了一会儿，"你现在确定了吗？很肯定吗？你不会再过一两分钟又打过来，想要重新安排吧？不会吗？下个礼拜六的晚上，听起来是个杀人的好时间？很好。同样的地方，同样的时间。下个礼拜六。很好。"

他又一次重重地挂断电话。他摇了摇头，却大笑起来。"听这个家伙讲话就像去马戏团看演出。"

他开始吃面包，然后准备跟朱莉娅一起出门——正是朱莉娅惹出了这些麻烦。我很努力地想要讨厌这个女孩子，并且把一切都怪罪到她身上，但事实上，我清楚得很，并不是因为她。问题的根源在我哥哥鲁布身上。这些麻烦都是他自找的，因为他终于惹上了不该惹的女孩，于是有生以来第一次，他可能要付出某些代价了。当然，我告诉自己，我过去也曾经判断失误，以为鲁布之所以会经常逃脱险境，不是因为别的，仅仅因为他是鲁布·沃尔夫，而鲁布·沃尔夫可以处理任何麻烦。

用他的拳头。

用他任性的魅力。

用他的各种本领。

但是这一次，我无法确定了。这一次有所不同，我猜一周之内我们就可以看到究竟会有什么样的结果……

那天晚上，奥克塔维亚和我待在家里，待在鲁布和我共享的卧室里，她吹奏起她的口琴，还播放起音乐。有那么一会儿，音乐响起来，她便跟着旋律一起吹奏，但大多数时间，她是在和我聊天。她跟我讲那些卖艺赚钱的日子里发生的故事，以及她在港口或者这座城市其他角落遇到的各色人物。我跟她讲学校里发生的事情，跟她讲我坐在学校的围墙上时，会感觉有无数故事和文字穿过我的身体，有时人们会走过来和我讲话。我还跟她讲了过去的一些朋友和偶然遇到的路人的事情。

我告诉她，除了她之外，再没有别人知道我写了什么。

这种感觉好极了。

有种亲近感。

她穿着牛仔裤，脱掉了鞋袜。她坐在我的床上，双腿交叉，我还记得当时一直在看她赤裸的双脚，以及她的脚趾，她的脚踝。我喜欢她的脚踝。当然了，视线往上，我还喜欢看她说话、倾听和思考时的各种表情。她会因为一些事而放声大笑——啤酒冰块的事，以及鲁布和我去驯狗场的事，我们只是去那里观战、逗乐，偶尔也会仅仅出于好玩而赌上一把。

和她聊天真是愉快极了。

这似乎是件显而易见的事，聊天让我对她有了更多了解。从她说起这些事的方式，以及她思索许久之后告诉我究竟在想些什么的时刻中我都能更加了解她。我猜当有人告诉你一些他们一直心怀戒备不准备公开说出来的事情时，你会有种被优待的感觉。不是因为你了解到了一些其他人都不知道的事，而是因为你会有种被选中的感觉。你能感觉到那个人想要让她的人生和你的人生产生交集。我觉得这是让人感觉最棒的一点。

我差一点、就差那么一点点就要问她家人的事了，但是我还是没有问出口。不知道为什么，我能感觉得出来，这件事必须等她自己主动开口。

第二天下午，她又来我家找我。那天中午爸爸、鲁布和我没能吃到炸鱼和薯条，所以我有点想吃油炸食品。我们去了附近的一家商店，买回来好大一堆。妈妈相当开心，因为她连剩饭都不用加热了。我们一起在厨房里就着包装袋把炸鱼薯条吃完了。

我们过得并不富裕，我们这一家子人。

我们压根儿算不上什么了不得的人物。

但是我注意到了一件事，我们在厨房里吃炸鱼薯条时，鲁布因为我把一块炸鱼掉到了地上而责备我，爸爸因为他责骂我而在他脑袋上拍了一巴掌，而奥克塔维亚，她看着这一切，眼睛仿佛在闪闪发光。

我能看出她很喜欢待在这里。

她喜欢和萨拉讲话，喜欢和我母亲聊天，现在，她甚至喜欢上了和我父亲说话，他告诉了她很多关于安装、维修和改造卫生间抽水系统的一系列复杂知识。这一切都很平常，但是很真实。从掉在地上的薯条到大家的互相羞辱再到每个人嘴角边粘着的盐粒，一切都是如此。

后来，萨拉告诉我们她工作的地方有个女孩恐怕是世界上口臭最严重的人，她正讲着，奥克塔维亚朝我的方向看了过来。她微微一笑。

这个地方的一切都恰到好处。

并非完美。

但恰到好处。

第二天，我们又来到码头的老地方，奥克塔维亚吹奏口琴，我远远坐在一边，一边听她演奏一边写下一些文字。

等她结束表演，我走过去帮她把钱都收了起来。她抬起头，眯起一只眼睛看着太阳，对我说："我已经带你去了一些地方，卡姆。一些我想去的地方。"她把所有的零钱放进一个小小的编织包里。"不如这次你带我去个你想去的地方吧。"

问题是，事实上我从来都没有真正"去过"哪个地方。

至少没有刻意去过。

我所做的就是在这座城市的大街小巷漫步。只是四处闲晃，看着街上的人、周围的建筑物，吸收那个地方的一切气味和声音。

这座城市的灵魂，我这样想着，但我只是说："我从来没有真正去过哪个地方。"

她看了我一眼，露出那种"别跟我来这一套"的表情，我才意识到想要用这种借口敷衍过去是没有任何意义的。她已经太了解我了。所以我只能说："好吧，通常情况下我就只是到处走走。并没有其他的什么，我只是——"

"听起来还不错。"她已经站了起来，等我一起走。她是如此温柔的存在。令人平静。她说："带我去看看你去过的所有地方。"于是慢慢地，我们离开，开始四处漫步。

我们乘车来到中央车站，然后穿行于城市的大街小巷。我带她看了那家理发店，告诉了她那个老理发师的故事，还有他和他已故妻子的故事。她记起了我写下的一小段我对自己未来坟墓的期望，问我："那段话的灵感就是从这里来的吗？"

我点了点头。

接着，我们去了那个公交车站，就是那对情侣辱骂我、然后我又没有足够的钱搭乘公交车的那个车站。奥克塔维亚对我说的一切都付之一笑。她说这就是那种一听就知道只会发生在我身上的意外事件。

"我懂的。"连我也忍不住嘲笑起自己来。

我们继续往前走着，却没有意识到很快就走到了格里布，就快要走到我过去经常驻足等待、并期待着那个女孩出来的房子前了。

和奥克塔维亚一起站在这里的感觉很好。好像这才是应该做的事。现在，我得想想应该说些什么了。

"我以前经常到这里来，"我开口说道，"每周至少来三四次。"我又停住了。那些话语在我的体内支撑着我，因为我明白，现在我每次想起这个地方，都不会再有之前的那种痛苦。只有奥克塔维亚能牵动我的心神。"但是你知道吗？"我告诉她，"这些天，每次我想起这个地方，我都会觉得每次来这里其实都不是为了等待那个女孩，我只是……"我想好好把这几句话说出来，"我猜我真正等待的是你……"我摇了摇头，低头看着地面，然后又抬起头来。"我觉得那是我有生以来度过的最奇妙的一个晚上了，你明白吗？"

她直直地望进我的眼睛。

"是的，"她点了点头，"我明白。"我们又在那里站了一会儿，回想着那个晚上。我个人的真实想法是，那个叫斯蒂芬妮的女孩只不过是一个幻象，折射出我对女孩子的渴望。那只是一种习惯，我并不是真的喜欢她。而这一切带来的最棒的结果，就是拥有了奥克塔维亚这个真实的存在。

回家的路上，我们经过了那个车站。我们聊起了那天晚上，以及那趟列车。很快，我们就看到了那些发生过很多故事的地方。我告诉了奥克塔维亚每个地点都发生了什么。将每个地方注入回忆的想法很棒，仿佛每一处都有了特别的意义。

有一条巷子，我曾经看到鲁布在那里揍一个家伙，揍他的原因仅仅是那人有个坏毛病——特别喜欢欺负那些他知道自己可以打得过的人。当然，鲁布终结了这一切。那家伙压根儿就没想到，鲁布连想都没想就直接来教训他了。鲁布走之前还对他说："你现在高兴了吗？你应该满意了吧。"

我们又走在了鲁布和我经常带米菲遛弯儿的那几条街上，还把帽衫的帽子罩在了头上。我们经过了几个公交车站，车门打开，人们纷纷下车。我记得有天晚上，萨拉就是从车上下来的人之一，当时我可以闻到她满身的酒味，但是我什么都没有说。后来她也不怎么经常这样了。

等我们快要走回家时，我问奥克塔维亚累了没有，她说虽然累了，还是很乐意继续前行。

我们又走了一段路，来到了史蒂夫住的那座公寓楼，我跟她讲了我们两个人的事。我告诉了她他之前跟我说的那些话，还说到了最后，我反而发自内心感激他能跟我讲实话。我甚至还告诉她我很爱我哥哥。也许是因为兄弟间本该如此，尽管我们从来不明着说出来，也几乎不会表现出来。或许我们之间的关系比这个更深刻。我喜欢他身上的那种力量，也喜欢我们之间不曾言明的默契。我跟她讲了那天晚上发生在小球场的事后，她便让我带她去球场。

我们去了那里。

那会儿差不多下午五点，球场空无一人。我们走到球门旁边，我指给她看当初我多次练习射门的地方，还告诉了她当我终于射进一球时史蒂夫的反应。

我们没一会儿就离开了球场。最后，我们又回到了我家所在的街上。

我们一回到家便坐在了前门廊上，我又说起了一些其他的事。我跟奥克塔维亚讲起去年夏天的某个午后，我也是坐在这里，妈妈那天下班时间比平时稍微早了一点。她面无表情，直接从我身边经过。回到厨房，她就只是坐在一把椅子上，口中一遍又一遍地念叨着什么，几乎没有发出任何声音。终于，她抬起头对我说："你知道我在邦迪街负责清理的那座房子吗？记得那个特别有钱的家伙卡拉汉先生吗？"

"当然记得。"我回答她。

"好吧，今天我走进那座房子，然后……"她放在桌子上的双手颤抖起来，声音也彻底支离破碎，一直在发颤，"我走进卧室，看到他的双脚……"

那个男人开枪自杀了，我妈妈发现他躺在地毯上的一片血泊中。我跟奥克塔维亚讲，她当时在厨房颤抖了很久，努力克制自己，不让自己大哭出来。

又过了几个晚上，某天深夜，妈妈来到了我们的卧室。那个时候午夜刚过，鲁布和我被走廊上突然亮起的灯光照醒了，我们的妈妈对我们说了几句话。

"你们一定要拼尽全力活着，"她当时说，"尽可能有尊严地活着。

我知道你们都会犯错，但有的时候犯错是情理之中的，明白吗？"

就是这么一回事。

她没有等我们作答或者响应。她只想让我们听到她必须要说的这些话。

门被再次关上，走廊的灯光熄灭了。

"刚才那些见鬼的话是怎么回事？"鲁布从房间的另一头开口发问。

但是他像我一样心知肚明。我的哥哥鲁布有很多特点，愚蠢并不是其中一条。他事情理解得很快，而这点有时候会让别人更加抓狂。

奥克塔维亚和我在门廊上又坐了一会儿，然后才去隔壁找米菲。我们没有像往常一样牵着它在马路上散步，只是在后院遛了遛它，然后满足了它疯狂想要被人揉肚子的欲望。它那天晚上看起来情绪高昂，但它已经不再是从前的那条小可爱了。也许它只是上了年纪。基思按照兽医的医嘱给它吃了药，但我不知道它会不会完全好起来。米菲眼里的亮光还是比平时黯淡一些。

等我们把它送回隔壁，天色已经渐渐暗了下来，奥克塔维亚必须要离开了。

在去车站的路上，我在中途突然停下脚步，回头看着门廊。

"怎么了？"奥克塔维亚问我。

我说："之前，有一件事我没有说。"我说了出来。"我记得那天晚上，我坐在门廊上，看着你离开——那是你和鲁布在一起的最后一天……天空中的月光和星光倾泻在你身上，我当时觉得你肯定和我离开格里布时有同样的感受。"

"我得承认确实如此，"她满足地说，"但是现在事情不一样了。"

"确实不一样了。"我回复道，然后我们便继续向前走了。

那天晚上稍晚一点的时候，我给她打了电话，她又一次告诉我现在事情大不相同了。我在陈旧的空无一人的厨房里打电话给她，而她接起电话后也没说几个字。奥克塔维亚只是说："稍微等一下，卡姆。等等。"

我能听到她放下听筒，从电话旁走开。

"还在吗？"我问她。

无人应答。

"在吗？"

然后，声音又传到了我耳边。

她正在房间的另一头来回走动，音乐声响了起来，我把听筒更用力地贴在脸上。

口琴像往常一样发出近乎长啸的声音。它与一首我从前没听过的歌曲交织在一起，那是我有生以来听过的最动听的旋律。旋律高低起伏，我能想象出她在黑暗中吹奏口琴的模样。曲调一会儿高一会儿低，带着我一起上上下下，那种感觉快要将我撕裂开来……

你有没有过那种感觉，在你的厨房里，双膝一软，几乎跪倒在地？

这就是听了那个女孩吹奏的曲子之后我的感受。

如果她的灵魂暂时离开身体

黑暗的街道。

那条狗总在等着带我直接回到那些阴暗的街道里。

在我们面前，我们看到一个女孩，她正沿着马路前行。

我跑起来，第一次冲到了狗的前面。

她转过一个弯，但当我也跑过去时，她已经消失不见了。

狗跟了上来，我们一起站在一面墙前。

"我爱那个女孩。"我想这样说，但是没有说出口。我知道这条
狗只是为了引导我，它做不了别的什么。

我们站在那里，我知道自己明白的其实很少。

我不明白这些街道将会拐向何方，也不知道为什么要拐来拐去。

我不知道我能不能扛住这一晚所有的战斗。

我只知道一件事。

关于那个女孩，是这样的：

如果她的灵魂暂时离开身体，我希望它能倾倒在我的身上。

15

　　我又能听到那个声音了，它从我们家的地下室传了出来。鲁布的拳头正在不停地落到那个沙袋上。他还挺期待这次决斗的。

　　这是礼拜二晚上，有那么一会儿，我也走到地下室里看他练拳。他打完拳才注意到我。他赤手空拳，用力捶打沙袋，他的呼吸灼热，就像从嘴巴里喷出蒸汽。我看着他穿着牛仔裤和背心的样子，开始理解为什么那些女孩子那么喜欢他了。他有运动员一般的身材，身上的肌肉形状完美，既不会太大也不会鼓成一团，就是刚刚好的那种。他沙褐色的头发落在脸前，他的瞳孔颜色很浅，就像是被一脚踢灭的火焰的余烬。

　　他的双手扶在膝盖上，就在这时，他注意到我在看他。他正大口大口喘着粗气。

　　"看起来不错。"我一边说，一边走下冰冷的水泥台阶。

　　"谢了。"

他站起身，发觉手指尖沾了几滴血。但是并不要紧，因为对于鲁布而言，这仅仅代表他的双手已经做好了战斗的准备。他的双手已经习惯了赤手空拳时的疼痛。没有戴任何防护手套的手赤裸裸地打在没有任何防护的人脸上。

"你想吃我一拳吗？"他主动提议，但是被我拒绝了。"为什么不呢？你状态好的时候也挺能打的。"

"不了，我现在这样就挺好。"

我正要离开，鲁布却突然对我大喊："嗨，卡姆。"他站在地下室里抬头看我。"我觉得我和那个叫朱莉娅的姑娘差不多快结束了，是的。"

我很吃惊。"真的吗，为什么？"

"你看看我！"他伸出双手，手掌朝上摊开。"在某个地方有个家伙，为了她要向我复仇。"他又低头看了看自己。看着自己的胸膛、小腹、双脚。我看得出来，他完全知道自己现在的处境有多讽刺。尽管如此，他还是声明："她带来的麻烦要比她带来的价值大得多。"

我的双脚自动把我带向地下室。我有些事情必须问他。

"所以，你现在又有新的目标了吗？"

"没有。"

他摇了摇头，然后把目光移到对面的墙上。"我觉得这一次，我也许该吸取教训了。"我们两个人一起上了楼。

"这个礼拜六的晚上你会来吗？"过了几个小时，他问我。"来看我跟他打架？"这个时候我们已经回到卧室躺下了，也关上了灯。

房间里的黑暗将我吞没。我回答他："当然了。"

"谢了。"鲁布的声音听起来很犀利，感觉他已经准备好了。"我不信任那个家伙。"

"你还会带着别人一起去吗？"我问，"以防那个家伙突然决定带几个帮手？"

"不，不会。"在黑暗中，我能模模糊糊地看到鲁布的面孔。窗外洒进一缕缕破碎的月光，打在他的脸上。"我从来都没有依赖过别人，这次我也不准备开这个先例。"他用胳膊肘撑着坐了起来。"但是你不一样，你是我弟弟。"说到这份儿上已经足够了。他本可以继续说一些别的，比如"兄弟就是要两肋插刀"或者"如果换作是你我也会为你做同样的事情"，但是都没有必要。这次对话已经结束，只剩下这片黑暗将我们包围。

我猜兄弟就是兄弟。

就是这么一回事。

礼拜四下午，我专门去了奥克塔维亚家，在她家门外等着。一般都是这个步骤。我们周末的时候经常见面，平时大概见一两次。我们两个人很少打电话。就我个人而言，我不喜欢用电话和别人交流，那会让我紧张，我会觉得极不舒服。我不知道奥克塔维亚是因为什么缘故不喜欢讲电话。大家都觉得她这个年纪的女孩子应该每天煲电话粥煲个不停，也许她不喜欢这种理所应当。奥克塔维亚并不是一个普通女孩。

大概过了十五分钟，她从房子里走了出来。

像往常一样，我们去了公园，靠着那棵大树坐下。她在等待，在等我。

她的双腿直直地伸向前方，我站起身，又跪在地上，两条腿分别放在她的双腿两侧。我亲吻她的脸颊，亲吻她的嘴唇和脖颈一侧，轻轻地咬她。

她轻声说："不要停下。"她歪过头，修长的脖子完全祖露出来，于是我将脖子吻了个遍。我把她的校服衣领拉到一边，嘴巴放在她的锁骨上，顺着亲她的肩膀。我的手穿过她的秀发。

"你想让我怎么做？"我问她，而她只是将我拉得更近了些。

"别停下就好，"她说，"再来亲亲我吧。"

她温暖的鼻息打在我身上。我拥有她，她也拥有我。

我的皮肤好像要裂开来，一切都飘到更高处，我和她的呼吸都交汇到了一起。那种感觉既生猛又温暖，好像要通过我的嘴巴咆哮出来。她似乎想让这种占有的感觉持续下去，想要更多。

想要更多。

我觉得这就是最棒的地方了。她并没有把我推开，也没有像我料想的那样把身子转到一边。最让我动容的一点就是她每次都会表示出想拥有我更多。当她的嘴唇触碰我的脖子，我浑身上下都因为那种触感而颤抖。她的手伸到我的衬衣下面，她的手指抚过我的肋骨，最后放在我的小腹上。她的嘴唇一边亲吻我的脖颈和脸颊，手指一边爱抚着我。

最后，她轻轻吻了吻我的嘴唇，然后这个吻慢慢加深。

她把头倚靠在我的肩头，我能感觉出来她觉得这个姿势很舒服。我能让她如此舒适，这种感觉真好。

我们安静地坐了一会儿，我听到了列车不断驶进又驶离车站的轰鸣声。缓缓地进站，然后又继续前行。

我们聊了聊鲁布即将面对的事态。

"你要和他一起去，"她问我，"对不对？"她的头还靠在我的肩头。有的时候，她的鼻子会抵在我的下巴上，这让我一次又一次地颤抖。

"我必须去，"我承认，"他是我的哥哥。"

她还是靠着我，这时，天空中浓密的云层突然裂开一道缝隙。劝我别去只能是徒劳的。她很清楚这一点，所以她并没有这样做。她只是说："那你努力让自己不要受伤。"我察觉到她抬起眼，看着我的脸。"好吗？"

我点了点头。"我向你保证。"

她又一次轻轻吻了吻我的脖子。我能感觉得到，她笑了。

又过了好一会儿，我们起身往回走，我和她在她家大门外分开，我正要走，她拦住了我。

"嘿，卡姆？"她叫住我。这个时刻终于到来。她有点犹豫。"你觉得以后有时间的话，你会想到我家坐坐吗？"

"到你家里面吗？"我看着那座房子，这样问她。

"是啊……"

我记得鲁布说过，他连房子的边儿都没沾过，我一直在想到底有什么了不起的，这件事对我来说为什么如此重要。我的意思是，不管怎么说，这只是一座房子啊。

但是事实上远不止如此。奥克塔维亚跟我解释了原因。

她说："卡姆，在遇到你之前，在遇到鲁布之前，我遇到过一个家伙，他在这里伤害过我。我不配合，他就打了我，你明白吗……"她的双手紧紧抓住大门的栏杆。"我跟妈妈保证过，我再也不会把任何人领回家，除非我灵魂的每一部分都深爱着他。"她微笑起来，但看得出她依然有受伤的感觉。"所以很快就可以了，好吗？"

"好的。"我在门口抱了抱她。我几乎要说对于她曾经的遭遇我感到非常抱歉，我永远也不会那样伤害她。但是不知怎的，我心里明白，这样就足够了。她和我，在门口拥抱。

那天晚上，鲁布又去地下室练拳了，这一次，我接受了他的邀请，开始和他一起击打沙袋。

这样做一部分是因为我为自己对奥克塔维亚的爱而感到欣喜，另一部分是因为对她曾经的遭遇感到愤慨，还有一部分是想到礼拜六的晚上而感到紧张。

第二天转瞬即逝。

礼拜六，和爸爸一起干活儿的时间像是突然被喊了暂停，进入了漫长的等待，尽管鲁布平静异常。

大概七点半，我们在卧室里准备就绪。我穿上了旧的牛仔裤、法兰绒工装和印着涂鸦的旧夹克衫。我把运动鞋丢到一边，穿上了靴子，这双靴子是鲁布穿旧了之后转给我的。我坐在那儿，背靠着墙，紧紧地系上鞋带。我看着房间另一边，鲁布正盯着镜子里的自己看。

他正在告诉自己到底该怎么做，正在用眼神给自己打气。

我站起身。"准备好了吗？"

他一语未发。

他只是转过身，抓起夹克衫，点了点头。这是几个月以来他最严肃的一次。

我们走出家门，因为鲁布之前宣称我们要去朋友家，所以没人意识到有什么异常。我们打开大门，很快走了出去。我们脚步坚定地走到大街上。鲁布充满斗志，面部线条冷硬。夜晚的冷风似乎要避开他绕行，就连那些走在街对面的人也是如此。

我们到老火车场时差不多是七点五十五分，现在要做的就是等待。火车场里到处都是废弃的火车车厢，在黑暗中矗立在我们周围。车厢的窗户都被打碎了，车厢上还写满了各种涂鸦，就好像是一条条的伤疤。一张高高的铁丝网将火车场与大街分割开来，我们靠在铁丝网上，无声等待。

脑海中划过无数念头。

时间一分一秒过去。

慢慢地，有些人影开始出现在某条巷子的另一头，看起来在朝我们踱步而来。

"就是他们吗？"我问。

鲁布的脸色更加冷峻了。"但愿如此。"

人影越来越近，我的肾上腺素飙升。是时候了。

隧道

我们来到一处隧道，走了进去。隧道向远方延伸，似乎一直要延伸到我们的心灵深处。地面沾染着人性的残骸。我们穿过隧道。我逐渐看到了隧道的另一头。

远方似乎出现了一个洞口，我知道我们会冲过去，抵达另一边。

我感觉到自己的拳头握紧了。

我呼出的空气直接冲出嘴巴，冲进这片环绕着我们的黑暗中。

我开始做好准备，甚至对着空气收敛地挥了一拳。

我们逐渐接近另一边，在离隧道尽头很近的空地上，我看到了一个影子，他正倚靠在一面铁丝网围墙上。他的手指抓着铁丝，紧紧地抓着。

往前走，我告诉自己，我看到了那条狗几近燃烧的双眸，于是继续前行。

我走出去，看到城市的两翼向更广阔更深远的地方延伸，影子依然在那里。

晚风打在我的脸上。

那味道让我想起了哥哥。

16

　　那几个人影渐渐清晰，看得出一共有三个人，他们朝着我们走了过来。他们都穿着夹克衫，一脸怒气。

　　"你们谁是鲁布啊？"中间的那个，也是块头最大的一位问。他的声音很清晰也很暴戾，他往我们脚下吐了一口口水，因为差点吐在我们脚上，他几乎快要满意地笑出来。

　　鲁布向前迈了一步。"是我。"

　　"别人说你打架比很多人都厉害，但是我看你可不像很聪明的样子。"

　　"好吧，不同的人有不同的看法，不是吗？"鲁布友好地回答，"不管怎样，我们还没开始动手呢——你可以等我们打完了再下结论。"

　　"说得有道理。"

　　那个一直打电话的家伙又开始说些别的，但为时已晚。

　　鲁布一把掐住他的脖子，朝着铁丝围栏把他丢了出去，紧接着又是一阵猛烈的拳击，将他整个人打翻在地。他试着躲开我哥哥的铁拳，但是鲁布速度太快了，每次都能击中他。鲜血飞溅到地上。另外两个出于道义前来撑场的家伙渐渐烦躁起来，就连鲁布都注意到了他们的情绪变化。在拳打脚踢的间隙，他平静地对他们说："你们最好连想都别想。"

就是因为这个，他第一次打空了一拳，那个家伙成功躲到一边，靠着围墙站起来。

鲁布本可以乘胜追击，但是他却站在了几米之外的地方，提出了一两个问题。我之前见他这样做过大概不下一百次了。以他来看，他是在给对方全身而退的机会，是为了避免引发极端的结局。有些人会抓住这个机会，有些人就不会。

"所以，你到底叫什么名字啊？"他问对方。

"贾罗德。"他一边回答，嘴里还一边渗出血来。

"好吧，贾罗德，你现在的样子看起来糟透了。你觉得这样够了吗？"

很不幸的是，贾罗德觉得还不够，他又站起来，朝鲁布扑了过去。鲁布的反应速度几乎快到让人畏惧，他的拳头砸在贾罗德的肋骨上，然后又砸在他的脸上。贾罗德撞在铁丝网上，发出哗啦哗啦的声音，残破的火车车厢在围栏另一边观战，无能为力。

掌击。暂停。掌击。

鲜血还在慢慢地滴落到地面上，只不过这一次，贾罗德整个人倒在了血泊中。鲜血沾染在他的头发、双手和衣服上。有一瞬间，我都以为他要溺死在自己的鲜血里了。

现在唯一的问题是：

这一切都不是真的。

这一切都不是真的，因为鲁布和我一直在老火车场里等着，但是那家伙并没有出现。我们看到巷子里的人影很快拐弯走到了另一条马路上，留下我们两个人孤零零地站在这条街的尽头。

"他迟到了。"八点过几分时，鲁布说。到了八点半，他开始烦躁起来。到了八点四十五，他似乎随时都会把拳头砸在铁丝围栏上。

就在这时，我看到了这场想象中的打斗。只要有鲁布在，出现这样的画面极其正常。当然，需要承认一点，他通常不会这么早就发动攻击。大多数的时候，对方那个家伙会想要先突袭他，只不过每次鲁布都会十分迅猛地反击。所以这一次，我想象了鲁布率先发起进攻的样子。如果真的发生这样的事，事情还没开始就会结束。在单挑这件事上，鲁布算是个杀手，这主要有以下几点原因：他从不犹豫，他不怕受伤，他喜欢获胜，他每次都把时间计算得刚刚好。即便他没有重拳出击，对方还是会受重伤，因为他掐准了时间，正好会打到他预料的位置上。

"也许他搞错时间了。"我提出这种可能性，但是鲁布给了我一个"你是在开玩笑吧"的眼神。

"我们等到九点。"他总结道，"如果他到了九点还不来，我们就回家。"

我们一直等着，尽管这个时候我们知道等待已经没有意义了。

那个家伙不会来的。鲁布明白这一点。我也明白。就我个人而言，我感到很烦躁，因为今晚我本可以和奥克塔维亚待在一起的，结果我却站在一条又脏又冷的街上，等着一个永远不会出现的人前来与我们碰面。

尽管如此，我的生气程度远远不及鲁布。

他开始在铁丝网前来回踱步，嘴里一直重复着一个词。

"混账东西。"

他说了无数次，到了九点，他干脆转过身，一把抓住大片的铁丝网。我以为他会再发泄一会儿，但出人意料的，他很快放松下来。他只是最后又瞪了一眼，然后我们就开始往家走了。临走之前他做的最后一件事是轻轻击打了一下铁丝网。铁丝网仍旧来回晃动，哗啦作响。

"接下来你打算怎么办？"快到家的时候我问他。

"你是说拿这个想杀掉我的家伙怎么办还是今晚剩下的时间怎么办？"

"两者皆有。"

"好吧，关于这个家伙——我打算把他抛在脑后。关于今天晚上，我想我回去后会去地下室再打一会儿拳。我会把收音机拿下去，把音量调到最大，然后一直击打沙袋，直到我再也站不起来为止。"

他确实这么做了，但并没有打拳打到站不起来。事情的经过是这样的，回家以后，我给奥克塔维亚打了电话，告诉她什么都没有发生，然后我也去了地下室，开始陪着鲁布一起击打沙袋。后来萨拉也来地下室了，她抓拍到一张鲁布击打沙袋的精彩照片。照片上，他的表情只能用暴虐来形容，你能看到，沙袋在他的重击之下高高飞起。

"还不赖。"她把照片拿给鲁布看时，他这样点评。

但是他并没有要求留下这张照片，所以萨拉把照片拿回了自己的房间，然后又拿着纸牌来找我们。之后又过了很久，我们一直围坐在地下室里打牌，收音机在我们身旁发出巨大的声响。

几个小时后，萨拉第一个回去睡觉了，地下室只剩下了我和鲁布。

鲁布离开地下室之前又给了沙袋最后一击。他关掉收音机，把它拿回了我们的卧室。

那天晚上，我睡得很香。礼拜天的时候，我和奥克塔维亚一起去了码头。

大部分的礼拜天我们都是这样一起度过的。早上，我完成学校布置的作业，然后乘车去码头找她。如果时间充裕，我就走路过去。礼拜六的下午奥克塔维亚也会来我家找我，工作日时段，她一般是礼拜三来。有时我们会先牵着米菲散会儿步，然后她才离开。很多个礼拜三的晚上，通常都是我牵着狗链，奥克塔维亚在我身旁微笑，鲁布负责观察四周，确保没有认识的人看到我们。米菲像往常一样神气活现地跳来跳去，有的时候咳嗽两声，有的时候伸出舌头舔舔自己的鼻子，还有的时候，如果鲁布刚好有心情逗弄它，它还会大叫几声。

有的时候，我会去奥克塔维亚家找她，我们会一起看一场电影。

我再也没有问过发生在她家里的事。有的时候我甚至把她说过的那些都忘掉了。能和她在一起，她现在状态很好，我就满怀感激了。

有的时候我们待在一起时，我会情不自禁地微笑起来。

"怎么了？"她会问我，"发生什么事了？"

"我也不知道。"这是我唯一能想到的回应。并没有什么特别的理由让我由衷地微笑。我只是看着她，聆听她。这就足够了。

每个礼拜天，她都会去码头演奏，而大部分的礼拜六下午，她会从码头出发来我家找我，我能听到她夹克衫口袋里零钱乱撞的声音。

一个月过去了，又是一个礼拜六的晚上，我带奥克塔维亚去见史蒂夫。他挺喜欢她的，还给她放了几首经典老专辑里的曲子，她对此印象深刻。

"你这儿有不少好东西。"她说。

"我知道。"

那天晚上，在回家的路上，她说："他也是爱你的，你知道的吧。"

我耸耸肩，试图结束这个话题。

"别这样，卡姆。"她拉着我停下脚步，站在人行道上。"他是真的爱你。"我这才意识到，和这个女孩在一起，我完全无法掩饰自己。

"他看上去很后悔对你说了那些话。"她又说道，我们就这样继续向前走着。

"但我很高兴他能对我如此坦诚。"

她表示赞同。

八月初，一个寒冷的礼拜二的晚上，鲁布又接到了另一个电话。但是这一次是朱莉娅打过来的。她告诉他，她已经回到之前那家伙的身边了——那个总打电话的家伙，至少鲁布和我后来都这么称呼他。

"他还是会找你算账的。"她警告他。

"真的吗？"鲁布厌烦透顶。"这一次我又做什么了？"他听着电话里传来的声音。"好吧，你就告诉他让他随时来找我，我们就在我家后院里解决这件事吧。"

朱莉娅把电话挂断了。

"那个小贱货算是永远也不会出现了吗？"我问他。

"小贱货滚蛋了。"他确认道。

一切似乎都结束了，正如鲁布之前所说的，他目前还没开始找下一个女孩子。他只是继续增加练习的强度，不停在地下室击打沙袋。有时候还是会有电话打过来找他，但是远不如从前那么频繁了。有时候他也会不小心错骂他的朋友，因为他以为又是那个老打电话的人打过来的骚扰电话。

"啊，是杰夫啊。"他大笑起来，"抱歉伙计，我把你当成别人了。"

他也和奥克塔维亚还有我一起去过码头几次，但他总会提前离开，让我们两个人独处。他没有不开心，也不觉得孤独。那不是鲁布的性格。他在的时候总是会有什么事情发生。就算没有，他也会主动找点事情。

"你别介意，奥克塔维亚，"某个礼拜天的晚上，他这样说，"我暂时想离女人远点儿。"我们刚遛完米菲，正坐在门廊上聊天。

"直到遇见下一任女友为止。"奥克塔维亚这样反驳。

"那是当然。"他冲我们露出他那招牌式的微笑，然后走回房子里。

那天晚上在地铁站，一切似乎都各就各位。奥克塔维亚和我一起等车，就好像我所在的世界终于找到了属于自己的正确方向。

几天之后，一场悲剧毫无预兆地降临在了我家门前。

还不错

这趟在黑暗之中进行的穿越大街小巷的夜间旅行开始以来，第一次有一群人在城市里直接与我对峙。一群一群的人向我拥来，我注意到他们每个人的面部都是一片空白。他们的眼中空无一物，脸上没有任何表情。

我们转到另一条街上，他们就站在那里，蜂拥而至。

那条狗用力从人群中挤了出去，我跟在它身后，在人群当中找到一个个缺口。

偶尔，我能看到一张还算完整的面孔。

在某个时刻，我看到萨拉也在努力往前挤，还有一次，在我就要绊倒的时候，一只手扶着我站起来，我抬头看过去，面对的正好是我父亲的面庞。

我继续前进。我别无选择。

问题是，我并不介意。

我想要这个拥挤的世界按照它本来的样子继续运转——让我能够找到自己的出路，哪怕有的时候我需要战斗。

我往前挤着，这种感觉还不错。

很有意思的是，"还不错"并不算一个真正的词，至少在字典里面没有。①

但是在我这里是存在的。

---

① 作者在这里虚拟了一个单词"okayness"。

17

某个昏暗的礼拜二下午，下起了倾盆大雨，雨点敲击着这座城市的每一条街道和每一个屋顶。有人用拳头重重地敲着我们家的门。

"等一下！"我对着门口大喊。当时我正在客厅里吃烤面包。

我打开家门，一个小个子的秃顶男人跪在地上，浑身都湿透了。

"基思？"我叫他的名字。

他抬起头看着我。我丢掉了手里的面包片。鲁布已经来到我身后，他问我："这是怎么一回事？"

基思的脸上写满了忧伤。成串的雨水顺着他的脸颊滑落。他慢慢站起来，眼睛紧紧盯着我们家厨房的窗户，他开了口，但他的声音听上去已经崩溃了。

"米菲。"他好像马上就要分崩离析了。"它死了。死在了后院里。"

鲁布和我对视了一眼。

我们冲向后院，翻过围墙，家里的后门在我们身后被啪的一声重重关上。还没翻过围墙，我就看到了它。草地上有一团毛球摊在那里，一动不动。

不要，我心里想着，我们跳到了另一边。我内心那种难以置信的感觉沉甸甸地压在我的步伐上，让我的身体变得沉重，但让我的内心变得疯狂。

鲁布也跳到了地上。他的双脚重重地踩在被雨水完全浸透的草地上，在我停下来的地方，他又继续前进。

我跪倒在这倾盆大雨里。

那条狗死了。

我摸了摸它。

那条狗死了。

我转身面对鲁布，他也在我身边跪了下来。

那条狗死了。

我们在地上坐了一会儿，一个字都没有说，只有大雨像无数银针一般不停打在我们已经湿透的身体上。米菲这条被我们当作眼中钉、肉中刺的博美犬现在已经变成一团棕色毛球，不断被雨水拍打着，成了湿乎乎的一团，但还是软软的。鲁布和我都伸出手去抚摸它。当我回想起我们晚上牵着它散步的许多美好时光，想起我们呼出的气在夜空里变成一团水雾，想起我们的大笑声时，甚至有泪珠滚落。我仿佛听到我们在不停埋怨它、嘲笑它，但是内心深处，我们非常在乎它。甚至是爱着它，我这样想。

鲁布一脸绝望。

"可怜的小混蛋。"他努力张开嘴,让自己的声音从嘴巴里冒出来。

我想说点什么,但完全说不出话来。我一直都知道会有这么一天,但是我没有想到这天会是这个样子。我没有想到会有倾盆大雨,也没想到它会变成冻僵成一团的可怜毛球,更没想到此时此刻我会感到如此压抑和沮丧。

鲁布把它抱起来,捧着它走到基思家后院的阳台上避雨。

那条狗死了。

即便后来大雨停了下来,我内心的那种感觉还是丝毫没有消退。我们继续抚摸着它。鲁布甚至对它说了声抱歉,也许是对每次见到它时都对它丢过去的那些言语羞辱感到抱歉吧。

过了一会儿,基思也回来了,但主要还是我和鲁布守在这里。我们又和它一起待了一个多小时。

"它的身体开始变得僵硬了。"后来,我指着米菲的尸体说。

"我知道。"鲁布回应我。如果我不承认此刻我们的脸上划过一丝傻笑,那就是在撒谎了。我猜是因为此刻的特殊情况。我们浑身冰冷,被大雨淋得湿透了,还很饿,某种程度上来说,这也是米菲对我们最后的复仇——让我们觉得内疚。

此刻的我们,即将在邻居家的后院里冻个半死,却还在用手抚摸一条每分钟身体都变得更僵硬的死狗,而我们这样做,是因为尽管我们平时总是不间断地羞辱它,同时也厚颜无耻地爱着它。

"好吧,忘了这一切吧。"鲁布终于说道。他最后拍了米菲一下,声音颤抖地说出了这个真相。他说:"米菲——毫无疑问,你是个可悲的小家伙。我痛恨你，喜爱你，每次和你出门都要戴上帽子免得被人看到我和你在一起。但过去共度的时光很愉快。"最后，他在米菲脑袋上拍了一下。"现在，我要走了，"他说道，"虽然你敢在这种几乎算得上是飓风的天气里死在自己家的晾衣竿下面，但是我可不愿意为了你得上肺炎。所以再见了——让我们祈祷，希望基思和他老婆下一次能买一条真正的大狗，而不是像你这样伪装成白鼬、老鼠或者其他啮齿动物的小东西。再见了。"

他走到一边，融进后院的一片黑暗中，但是当他爬上围墙，就又转过头来看了米菲最后一眼。最后一次告别。然后他就消失在了我的视线里。

我又多待了一会儿。等基思的老婆下班回到家，她好像对我称之为米菲事件的这件事感到十分困窘。她一直在重复一句话。"我们会把它火化的。我们必须把那条狗火化掉。"很明显，米菲是她已故母亲送给她的礼物，老母亲坚持认为所有的尸体，包括她自己的，都应该被火化。"必须把那条狗火化掉。"她继续说，但几乎没有正眼看过那具尸体一回。很奇怪，我有种感觉，鲁布和我才是最爱这条狗的人——而出于妥善保存的考虑，这条狗的骨灰最终会被放在电视机或者录像机上面，要不然就是被放进酒柜。

很快，我也做了最后的告别，用手最后一次抚过那具僵硬的尸体和丝绸一般的毛皮，内心仍有一种难以置信的情绪。

我回到家，告诉了所有人米菲要被火化的消息。不用说，大家都感到很吃惊，特别是鲁布。或许吃惊这个词不能准确描述我哥哥当时的反应。震惊、错愕，这样形容更为恰当。

"把它火化了？"他喊了出来，完全不敢相信这是真的。"你看到那条狗了吗？你看到它浑身湿透的样子了吗？他们还得先把它吹干了，不然它连烧都烧不起来！它身上只会冒白烟！他们还得把吹风机先拿出来！"

我实在忍不住了，开始大笑起来。

我觉得是吹风机戳中了我的笑点。

我不断想象着基思站在这个可怜的四脚兽身旁、将吹风机调至最大一挡的场景。他的老婆对着通往后院的门大喊：

"亲爱的，它被吹干了吗？我们能把它丢进火堆里了吗？"

"不，还不行呢，亲爱的！"他会这样回复，"我觉得大概还需要十分钟，我怎么也没法把它的尾巴吹干！"可能从这个世界诞生之日起，就没有哪个生物的尾巴的毛比它更多了，相信我，没错的。

后来，直到我们去了客厅，鲁布还在说这件事。笑容又回到了他的脸上，我们一起讨论了葬礼会办成什么样子。很明显，如果要把尸体火化的话，肯定要举行一场葬礼。

第二天，我们得知礼拜六下午四点会举办一个小规模的仪式，礼拜五的时候狗会被火化。

自然，作为经常牵着米菲去散步的遛狗人，我们也被邀请去隔壁参加葬礼。但是这样还不算完，基思还做出了一个决定，他希望把米菲的骨灰撒在后院里，因为那里一直都是它的领地。他问我们愿不愿意当撒骨灰的人。"你们也知道的，"他说，"毕竟你们两个和它相处的时间最久。"

"你们确定吗？"我问他。

"好吧，说实话，"他的身子来回动了动，"我家那位并不怎么喜欢这个想法，但是我很坚决。我说，不，应该要由那两个男孩来做这件事，就这么定了，诺尔玛。"他大笑起来，"我老婆管你们叫住在隔壁的那两个小混球。"

那个老婊子，我心想。

"老婊子。"鲁布直接说了出来，幸好基思没有听到。

我必须承认，没有了米菲的礼拜三晚上空落落的，奥克塔维亚也没有来找我，所以我只能待在鲁布和我的卧室里看书。我想我本可以看电视的，但是我有点厌倦了。读书更具有挑战性，因为你不能只是随意地坐在那里，你得聚精会神才行。我读的这本书很好看：一个男人在一个暴风雨来袭的夜晚从一艘即将沉没的船上跳了下去，但很快发现船并没有沉。他感到特别羞愧，以至于余生都在逃避这场意外带来的阴影，同时又在寻找新的冒险机会，直面危险，来检验自己的勇气，最后终于证明了自己并不是一个懦夫。我有种很不好的预感，感觉这个故事会以悲剧收场，我猜活在内疚和羞愧当中一定是人这一辈子能遇到的最糟糕的事。

我下定决心，绝对不让自己沦落到那种地步。过去我时常觉得自己是个败犬，有时候觉得自己是彻底的废物，但是这个冬天，这些念头都终结了。今年，我要重新站起来，我不只是这样说说，不只是说一些想让自己相信、给自己打气的话，我是认真的。

这一次，我发自内心地相信自己。

礼拜六的下午，我也跟奥克塔维亚说了我的想法，她拥抱了我，还亲了亲我。

"我也是。"她回应我。

爸爸、鲁布和我两点钟就干完活儿了，这样我们就能及时赶回家参加这场隆重的葬礼。到了四点钟，鲁布、萨拉、奥克塔维亚和我一起去了隔壁，我们都是直接从围墙翻过去的。

基思把米菲的骨灰从一个木头盒子里取了出来，太阳在头顶闪耀，微风打着转吹了过来，基思的老婆正对着鲁布和我冷笑。

这个老婊子，我又一次在心里想，你大概能猜到，鲁布又一次直接说了出来，只不过声音很小，只有他自己和我能听到。这让我们两个人都大笑起来，我差点要说："鲁布，为了米菲——我们现在总算可以把不同的想法都暂时抛到一边了。"但是我又想了想，还是没有说出口。我觉得他老婆在这个阶段肯定不喜欢有人出声评价任何事。

基思举着骨灰盒。

他徒劳地演讲了一番，告诉大家米菲是条多么棒的小狗。多么忠诚，多么美丽。

"又是多么让人可怜。"鲁布又一次小声对我说，我不得不用力咬住嘴唇内侧，以免自己直接笑出来。但我还是轻轻笑出了声，基思的老婆并没怎么注意到。

该死的鲁布，我这样想。

但问题在于，这样反而才是更贴切的举动。我们站在这里宣称自己有多么爱这条狗，或做出类似的表示爱的举动其实毫无意义。这样只能显示出我们其实不怎么喜爱它。通常我们表达喜爱的行为包括：

1． 直接把它放倒。
2． 故意惹恼它。
3． 对它进行口头攻击。
4． 讨论我们到底要不要把它直接从围墙这边丢到另一边。
5． 给它吃那种让人判断不出它到底能不能嚼烂的肉块。
6． 故意逗弄它，惹它大叫。
7． 在有人的公共场合假装不认识它。
8． 在它的葬礼上乱开玩笑。
9． 把它比作老鼠、白鼬和其他鼠头鼠脑的啮齿动物。
10． 虽然不表现出来，但是心里很在乎它。

　　这场葬礼有个问题，基思一直说个没完没了，而他老婆一直都是泪眼蒙眬的状态。最后，几乎所有人都无聊得要死，甚至觉得他要开始唱赞美诗了。就在这时，基思问了一个很关键的问题。后来想想，我确定他一定后悔死了，肯定特别希望自己从来没问过这个问题。

　　他说："还有人要说些什么吗？"

一片沉默。

完全寂静无声。

然后鲁布开口了。

基思刚准备把骨灰盒递给我，里面盛着米菲在这个世界上留下的最后一点残骸，鲁布却突然说："事实上，是的，我有些话想说。"

不要，鲁布，我绝望地想。拜托了，不要这么做。

但是他还是做了。

正当基思准备将骨灰盒递给我时，鲁布发出了他的宣言。他用清晰、洪亮的声音说："米菲，我们会永远记得你。"他的头高高扬起，一脸骄傲。"你绝对是地球上最搞笑的动物。但我们还是很爱你。"

他朝我看过来，微微一笑。

但是这个笑容没有维持太久。

肯定没过多久，因为我们还没来得及细细琢磨，基思的老婆就爆发了。她朝我们冲了过来。瞬间她就扑到了我身上，开始跟我抢那个该死的骨灰盒！

"把它还给我们，你这个小混蛋。"她发出嘶嘶的声音。

"我做错什么了？"我绝望地反问。转眼间，以米菲为中心，我们之间展开了一场大战。后来，鲁布的双手也放在了骨灰盒上，于是，我和米菲位于最中间，他和诺尔玛开始了一场拉锯战。拍立得相机的发烧友萨拉趁机拍下了很多他俩你争我抢的精彩场面。

"该死的小混蛋。"诺尔玛唾沫星子四下飞溅，但是鲁布并没有屈服。绝对没门儿。他们继续缠斗在一起。

基思结束了这场闹剧。

他站到这一团纷乱中，大喊："诺尔玛！诺尔玛！不要再犯蠢了！"

于是她放手了，鲁布也是。唯——个还用双手抓紧骨灰盒的人就是我了，而我情不自禁因为这个如此荒谬的情形大笑起来。说实话，我觉得诺尔玛还在因为之前发生的一起意外事件而沮丧，我之前没有讲过那件事，那已经是两年前发生的事了，当初就是因为那件事我们才开始带着米菲出门散步的。当时鲁布和我还有其他几个家伙在我们的后院里踢足球，老米菲因为各种吵闹声和足球不断撞击围墙的声音而变得兴奋不已。它一直大叫个不停，直到最后犯了心脏病，还好不太严重。为了弥补过失，妈妈让我们支付了兽医治疗的费用，还要我们每周至少带它出门两次。

米菲和我们的故事就这样开始了。这是真正的相识，尽管我们总是抱怨它，嘲笑它，但我们也开始逐渐喜爱它了。

但是在后院举行的这场葬礼上，诺尔玛并不吃这一套。她还是龇牙咧嘴的。又过了好几分钟，她才冷静下来，那个时候我们已经准备把米菲的骨灰抛撒在后院里了。

"好的，卡梅伦，"基思点点头，"是时候了。"

他让我站在一把很旧的草坪躺椅上，然后，我把骨灰盒打开。

"再见了，米菲。"他说。我把骨灰盒翻转过来，期待米菲的骨灰倾泻而出。

唯一的问题在于，并没有什么掉落出来。米菲的骨灰被卡住了。

"真是见鬼！"鲁布大叫起来，"谁能想到米菲会这么令人尴尬呢！"

我很想看着他，点头表示赞同。但我仔细想了想基思和他老婆，于是拼命甩动盒子，尽管如此，骨灰仍然被卡在盒子里掉不出来。

　　"把你的手指头伸进去，在里面搅一搅。"奥克塔维亚向我提议。

　　诺尔玛看了看她："小姑娘，你现在不会也开始打什么歪主意了吧？"

　　"当然不会了。"奥克塔维亚真诚地回答。这是个好主意，这个时候你可不想惹得这位女士气上加气，她看起来随时都准备把人勒死。

　　我又把盒子转过来正面朝上，在把手伸进骨灰堆里搅拌之前，身子还忍不住抖了抖。

　　我又一次试着往外倾倒骨灰，这一次成功了。米菲终于获得了自由。萨拉在现场拍照，一阵风将骨灰卷起，把它抛撒到了院子的各个角落。

　　"哦，不要啊，"基思挠着头说，"我知道我应该早一点告诉邻居们，让他们把晾在外面的衣服收起来的。"

　　于是在接下来至少好几天里，他的邻居们的衣服上都要残留着米菲的骨灰了。

暂停，思考死亡

　　我顿了一顿，关于死亡的念头涌上心头。出于对我的尊重，那条狗给了我这次休息的机会。

　　人群逐渐稀少，我开始思考死亡、天堂和地狱。

　　或者更诚实地说，我在思考地狱。

　　一想到永恒到来之际你将面对的就是那样的地方，没有什么比这更糟糕的了。

　　通常情况下，我都会自然而然地觉得那里就是我的归宿。

　　有的时候，想到我认识的一些人也终将堕入地狱，我便感到欣慰。我甚至告诉自己，如果我家里的其他人都要下地狱的话，那我宁愿跟他们一起去也不愿意独自一人飞升天堂。我的意思是，那样我会有一种负罪感。他们将要在永恒的炼狱中被熊熊烈火灼烧，而我却能在天堂吃仙桃，还极有可能一边吃一边抚摸像米菲一样令人怜爱的博美犬。

　　我不知道。

　　我不知道。

　　真的。

　　我大概只是想要一种体面的生活。这就够了。

　　我最后停顿了一下，继续前行。

　　渐渐走入这片夜色。

18

现在的问题是，接下来会发生什么该死的事？每次我回想米菲死掉的整个过程，记忆都变得越来越模糊。

礼拜二，我去史蒂夫的公寓找他，他说礼拜天会有一场规模相当大的球赛。找鲁布的电话又开始响个不停，还可以在背景音里听到小贱货朱莉娅的声音。

为了收藏自己拍的照片，萨拉买了一套相册，礼拜四的晚上，她把所有的照片铺在地板上，逐一整理归类。我走进房间，坐下来和她一起看照片。里面有很多照片我之前从没看到过。

有爸爸下班后从他的厢式货车走出来的照片。

有妈妈某天晚上在沙发上睡着了的照片。

有下起倾盆大雨那天，一个陌生人在我家门口这条街前挣扎着前行的照片。

当然了，有我和奥克塔维亚的照片，然后是鲁布在那个地下室击打沙袋的抓拍，紧接着就是米菲去世时的照片。接下来好多张照片拍的都是厨房里正在加热的剩饭剩菜，以及客厅的照片墙——那里贴满了我们所有人在不同时间、不同地点拍下的照片，甚至还有一张照片拍到了史蒂夫背着足球训练包走在街上、即将参加一场比赛的样子。

我注意到唯一缺少的是萨拉自己的照片，所以我安静地拿起相机，调好焦距，给正在整理照片的姐姐也拍了一张。她左边肩膀有一点没有拍进去，但重要的是，你能看到她脸上那种平和的表情，她的双手正在触碰那些照片。照片中的她看起来很生动。

她仔细看了看我拍的照片，对我的拍摄水平表示认可。"还不错。"

"我知道。"我又一次离开了房间，真心希望萨拉明白刚才到底发生了什么。这算是一个小小的声明，证明有的时候我也能看懂她的内心。

接下来的那个礼拜六，奥克塔维亚带我回到了她家。刚好爸爸那天休息，所以我的时间可以自由安排。

下午三点左右，我们走到了去她家的那条街上，并走进了她家的前门。她拉开大门，冲着屋里大喊，而我一直在想我的脉搏为什么突然跳得这么快。

"妈？你在家吗？"

一位女士从房子后面的小屋走了出来。奥克塔维亚告诉过我她已经没有父亲了。他很多年前就跟别人跑了，离开了这个家。

那位女士看着我微笑起来。奥克塔维亚和她长着一样的嘴巴，并且也有一双如海水般碧绿的眸子，只不过有一些上了年纪的痕迹。

"很高兴见到你，卡梅伦。"她说。

"很高兴见到您，阿什太太。"

她对我非常友好，请我喝咖啡，还和我聊天。她问了我很多问题。关于我自己的问题。关于沃尔夫家其他成员的问题。在我们交谈期间，我能看得出她一直在想，看起来，你就是那个命定之人。奥克塔维亚很清楚我就是她命里的爱人。我还从来没有比现在的感觉更好过。

再晚一点时，我们又回到市里那个老电影院，看了场名叫《痛苦与狂喜》的老电影。毫无疑问，这是我有生以来看过的最棒的电影。电影讲述的是米开朗基罗绘制西斯廷教堂天顶壁画的故事，以及为什么这幅画必须画得完美，而在绘画的过程中米开朗基罗又是怎样差一点把自己整个人都毁掉的。我一直在想他到底经历了多少苦难，而原因仅仅是他必须要承受这些苦难。我坐在那里，充满敬畏。之前还从来没有哪一部电影给过我这样的感受。

即便到最后银幕上已经开始滚动演职员表了，我还是抓着奥克塔维亚的手，我们坐在那里，一动不动。

出发返回车站前，我们又坐在了我家的门廊上，依然在讨论那部电影。整座城市浓云密布，薄薄的雨幕笼罩在街灯四周，仿佛盖上了一层发光的毯子。

我们又聊了将近半个小时，她突然问我："有没有什么事是让你想要做到尽善尽美的呢？"

我聚精会神地看着外面的雨丝，雨越下越大，我知道我要说什么了。那句话从我体内穿过，而我很平静地说出了口。

我说："我想要做到尽善尽美的事吗？"我突然无法自控地把头歪到一边不看她。

"爱你。"我继续说，这些字句争先恐后地从我口中涌出。"在爱你这件事上，我想做到尽善尽美。"

然后我静静等待着她的回应。

回应来了。

"卡姆？"她叫我的名字，"卡梅伦？"

她强迫我看着她，我能看出她的情绪逐渐高涨起来。我拉过她的手放在我的嘴唇上，用力亲吻。"这是真的。"我对她说，不过我已经知道她对此深信不疑了。这种感情在我体内，占据了我的全身。

"唯一的问题是，"我继续说，"我只是个凡人，我只能尽力做到最好，可以吗？"

奥克塔维亚点了点头，尽管我们都知道她得回家了，我们还是拿下雨当借口，在门廊上多待了一会儿。那枚贝壳还挂在她的脖子上，但是没有最初看着那么突兀了。现在贝壳看上去就像是她一直佩戴的寻常饰物。

礼拜天的下午，我们从码头回到家，大家都前去观看史蒂夫的球赛了。我估摸着我们可以稍晚一点过去。

只有奥克塔维亚和我了。

我们等待着。

我们聊着天。

我们又等了一会儿，还没等我反应过来，她就已经牵起我的手，带着我走进了鲁布和我共用的卧室。我们关上房门。我们拉上窗帘。

在房间里，我坐在床边，奥克塔维亚蹲下身子，脱掉鞋。她站起来，走到我的身边，什么都没有说。

她一边看着我，一边解开衬衫的扣子。她的双手绕到身后，解开了自己的内衣。内衣掉到了地板上，接着，我听到她解开了牛仔裤的扣子。然后是拉链。她走开了些，弯腰脱下裤子，把腿从裤腿里抽出来，先是左腿，身子稍微晃了几下，然后是右腿。牛仔裤留在了地板上，她可爱的身体被我尽收眼底。

她跪在我身前，把我的夹克衫脱下来，然后解开了我法兰绒衬衣的扣子。

她的双手划过我赤裸的小腹，她帮我脱掉衬衣，双手搭在我的胳膊上。她的指甲划过我的脖子，然后慢慢落在我的胸口，划过我的肋骨，又重新抚在我的小腹上。

她低声说："没关系的，卡姆。"我全身的皮肤都开始震颤。她温柔地帮我脱下裤子，然后是鞋子，最后是袜子。等奥克塔维亚把我推倒在地板上，所有的衣服都在我们身旁堆成了一团。"没关系的。"她又一次轻轻说道。

"你怎么能——"

"嘘……"

她的声音令人心安，但我必须要完整地问出我的问题。"当另外一个家伙打了你、伤害过你之后，你怎么还有勇气和我做这件事？

你怎么还会有勇气在我面前赤身裸体，让我用手抚摸你？"

奥克塔维亚停了下来。

她开口说话了。

"因为是你。"她说。

她亲吻我，爱抚我，将我搂在怀里。她整个人覆在我的身体上，用嘴唇亲吻我全身，我从来没像现在一样，感觉整个房间都在旋转、扭曲，如同汹涌波涛一般将我笼罩。

完美

我们走到外面的空地里，天空变成了西斯廷教堂的穹顶。

我们站在这片穹顶下。

完美。

我想象着触碰这片天空会是什么样的感觉。

触碰这种人类所能完成的最完美的事物会有一种什么样的感觉？接下来你会去往何处？还有什么值得看的呢？

你会有所启迪吗？

还是说，你会因此感到绝望，因为你永远也不可能完成这样完美的作品？

我们站在那里，黑暗重新将我们覆盖。

然后，有那么一瞬间，天空突然布满了我和奥克塔维亚的身影。

大概在人世间，那只是短短的一秒。

然后就消失了。

这让我觉得，我确实是很想要尽可能完美地去爱她。

把我整个人都献给她。

或者至少，献出像我这样的人所能献出的全部。

19

某种意义上讲，有的时候，我希望上一章的结尾便是最终的结局，但是冬天还没有结束。

又一个礼拜二的晚上，鲁布和我去找史蒂夫，然后我们一起去了小球场。现在我们三个会轮流练习射门，尽管大部分时间我都踢不进球，但也没什么大不了的。史蒂夫像往常一样每发必中，他对最后的几场比赛很期待。

我们去球场之前，鲁布又一次接到了骚扰电话。这还是最近这段时间对方第一次打电话过来，我听到他讲话很大声，充满魄力。

"是啊，上次你就是这么说的，伙计。但是你没有出现。你这是在浪费我的时间，听起来，也给你妈妈浪费了不少电话费。"他又听对方说了一会儿。"好吧，哪怕是对我表示尊重，这次你也得现身啊，好吗？好的。很好。"

我走进厨房的时候他正好挂断电话。

"又来了？"我问他。

"是啊。"

那天晚上，我们在房间两头隔空对话。我们已经很久没有这样聊过天了，感觉好极了。最后，我们终于聊到了小贱货朱莉娅和打电话的骚扰男。

"礼拜五晚上八点。"鲁布在黑暗中告诉我，"如果他真的会赴约的话。"

"他会去的。"我说。

"你怎么知道？"

"我不知道。只是，他听起来吓唬你很久了，所以他早晚都会真的来找你。也许就是这个礼拜五。"我想起了那个女孩。朱莉娅。我不信任她。绝不能让鲁布落单。他们一定会来找他麻烦的。"我觉得这一次躲不过了。"

"好吧，我们走着瞧。"

"你需要我过去吗？"

"如果你想去的话。"

"我想去。"

整件事就这样暂时告一段落了。

第二天晚上，我们都去地下室练习击打沙袋，我也逐渐认识到了这件事势必会发生。

礼拜五到了，鲁布的指关节硬得像混凝土一样，我的双手也因为一直击打沙袋而变得结实了许多。我们像上次一样，七点四十五的时候准时离开家。

我们提早到了老火车场。

我们耐心等待。

我的心脏剧烈跳动，撞痛了我的肋骨。

又一次。

什么都没有发生。

八点十五分，我决定离开这里。

我往巷子外面走，走到一半，才发觉只有自己一个人的脚步声。鲁布还在原地等待，我觉得那个人不出现他是不会离开的。

"你不跟我一起回去吗？"我转过身问他。

他摇了摇头。"这一次不了。"

我又走回他身边，说："你想让我陪你一起等吗？"

他摇了摇头，挥挥手示意我离开。"别担心我，卡姆。我觉得你已经在这里待得够久了。"

我转过身，但不得不承认，我离开这里时并没有什么不开心的感觉。确实，我有一点点的负罪感，但也仅此而已。在巷子尽头，在我即将拐到另一条街上时，我最后一次转过身看了看我的哥哥。他的影子斜靠在围墙上，他还在等待。他一只脚伸出来抵在铁丝网上，我隐约看到他在最后的冬日里呵出一团团雾气。有那么一瞬间，我差点就改变主意了，但我还是转过身继续往回走。

等我回到家，萨拉问我鲁布在哪里。我告诉她鲁布决定再在外面等一会儿。这不是什么不寻常的行为，所以她也没有多说什么。

我试着熬夜等他回来。

我读了一本很有意思的书，但还是躺在沙发上睡着了。等其他人都要上床睡觉了，他们才把我叫起来，让我也回床上睡，但我又试着继续读了下去。我想坚持到看着鲁布走进家门，但我确实太累了。

我想看到他的脸。

没有任何打斗的痕迹。

没有鼻青脸肿。

我想听到他的声音，想他在经过我身边的时候大笑起来，让我快点爬起来。

但是那天晚上，我哥哥鲁布没有回家。

刚过午夜的时候，我从睡梦中猛然惊醒。我睁开双眼，客厅黄色的灯光令我双眼刺痛。

有个念头击中了我两次。

是鲁布。

是鲁布。

我体内回响着他的名字。我一跟头翻下沙发，慢慢走回我们的卧室。我一再祈祷，希望他已经回到卧室，整个人瘫在床上了。走廊的黑暗将我笼罩。吱吱作响的地板出卖了我。我悄悄推开门，用双眼迅速扫视面前的房间。房间里空空如也。

我打开灯，浑身颤抖。灯光晃得我睁不开眼，我意识到了问题所在。我又走了出去，冲向外面的那片黑暗。

回到客厅，我尽可能安静地穿好鞋子，偷偷穿上夹克衫，穿过厨房，走向前门。惨白的月光，看起来异常麻木的天空。我又回到了被一片不安的寒意笼罩的街头。

一种极其不祥的预感让我整个胃部抽搐起来。

一种很糟的感觉涌上喉咙。

很快，我便朝着老火车场走去，那种不安感渐渐蔓延至我全身。人行道上有些醉汉，他们把我挤到了大马路上。汽车晃着刺眼的前灯朝我冲过来，然后从我身边开过，消失在视线里。

我的双手插在夹克衫的口袋里，手心都湿透了。温暖的鞋子里，我的双脚冰冷。

"嗨，小家伙。"有声音冲着我喊。我避到一旁。我从那个喊话的家伙身边挤过去，开始加速冲刺，很快就来到那条小巷子的一头。

等我来到巷子里，我感觉自己的心脏都快要跳出来了。

那条小巷子。

是空的。

巷子空荡荡的，漆黑一片，只有月光慢慢扩散开，似乎在洒向这座城市每个被遗忘的角落。我能嗅出某种味道。恐惧。

我甚至能品尝得到。

我品尝到了一股血腥味，当我看到他，我能感受到那股血气直接穿过我的身体，将我整个人撕裂开来……

有一个人影倚着围墙坐在地上，佝偻着腰。

我有种感觉，鲁布并不是故意摆出这个姿势的。

我喊出他的名字，但几乎连我自己也听不到我发出的声音。我的耳中有了一种巨大的敲击声，把其他的声音都挡在了外面。

我又一次喊了出来："鲁布？！"

我靠得越近，就越肯定那个人影就是鲁布。我的哥哥像一堆烂泥一样靠在围墙上，我看到鲜血几乎浸湿了他的夹克衫，他的牛仔裤，还有那件旧足球运动衫的胸口。

他的双手还紧紧抓着围栏。

他的脸上流露出一种我从来没有见过的表情。

我知道那种表情是什么，因为我也有同样的感受。

是恐惧。

是恐惧的感觉，到那时为止，鲁布·沃尔夫这辈子还从来没怕过任何事，也没怕过任何人。现在，他一个人坐在城市的角落里，我很清楚单凭一个人是绝对不可能把他伤成这样的。我想象着他们把他按倒在地、然后轮流施以拳脚的情景。他看到我的时候，竟然用那张肿得几乎没有形状的脸努力挤出一个微笑。他茫然地开了口，像一阵微风一样打破了这片沉默。

"嗨，卡姆。谢谢你赶过来。"

我耳朵中的巨响稍稍变小了些，我紧挨着我的哥哥蹲下来。

我看得出来，他是一点点拽着自己靠到围墙边的，因为水泥地上有一小片鲜血划过的痕迹，现在已经快褪成铁锈色了。看起来，他只爬了两码远就没办法动弹了。我还从未见过鲁布·沃尔夫被打成这副狼狈样子。

"行吧，"他耸了耸肩，"我猜这次他们算是好好地教训了我一顿，是不是？"

我必须要把他带回家。他开始不能自已地全身颤抖。"你能站起来吗？"

他又微笑起来："当然可以了。"

鲁布跌跌撞撞地想要靠着围墙站起来，却又一下跌回了原地，整个过程他的唇边一直带着一丝微笑。我扶住他，帮他站了起来。但是他又从我身上滑了下去，脸朝下跌倒在马路上，一动不动。

整座城市都肿胀起来。天空仍然一片麻木。

鲁布·沃尔夫脸朝下躺在地上，他的弟弟站在一旁，无助又惊恐。

"你必须得帮我一把，卡姆，"他对我说，"我动不了了。"他几乎是在恳求我，"我动不了了。"

我帮他转过身，看到他全身上下布满伤痕。他流的血没有我最初想象中那么多，但是整张脸在夜色中呈现出一副惨不忍睹的模样，这一切让他变得很真实。

我把他拖回围墙边，撑着他坐起来，然后又把他搀了起来。他又差点跌倒在地上，我们开始往回走，但我知道他这样子是没法走回家的。

"我很抱歉，卡姆，"他轻声说，"我真的很抱歉。"

我们走了不到五米远，他就又一次跌倒在地上。

我让他休息了一分钟，其间我的哥哥就那样脸朝天躺在地上……

月亮渐渐躲到了云层之后，我把胳膊放在他的后背和双腿下，把他抱了起来。我将鲁布抱在怀中，走出了小巷子，走到了宽敞的大街上。

我的双臂很痛，我觉得鲁布已经晕过去了，但是我不能休息。我不能把他放下来。我必须走回家。

人们一直盯着我们。

鲁布粗粗的卷发几乎垂落到地面上。

又有血滴落到人行道上。它先是从鲁布身上滑落到我身上，然后才滴下去。

那是鲁布的鲜血。

沃尔夫家的血。

在我身体最深处传来一阵剧痛，但我还是坚持往前走着。我必须这么做。我知道如果现在放下了他，等会儿就更难以前行了。

"他还好吗？"一个像是要去参加派对的小伙子问我。我只顾得上点点头，就继续往前走。我不能停下脚步，除非鲁布已经回到他的床上，而我就站在他的床边，在黑暗中保护着他，让他不会在黎明前的这几个小时的黑暗里因梦魇而惊醒。

终于，我们离家只有一个路口的距离了，我最后一次竭尽全力托住他的身子。

他呻吟了一声。

"加油啊，鲁布，"我说，"我们就快到了。"每当我回想起当时的情况，我都不能理解自己是怎么做到抱着他走这么远的。他是我的哥哥。是了，就是这么一回事。毕竟他是我的哥哥。

在我们家门口，我用鲁布的一只脚踢开门闩，走进大门，一点点走上门廊的台阶。

"这碍事的门。"我说道，声音比我想象中响亮很多。我把他放倒在门廊上，然后打开纱窗门，把钥匙插进锁孔，再重新扭过头看着哥哥。我的哥哥。我的哥哥鲁布，我这样想着，双眼感到一阵刺痛。

我重新走回他身边，双臂肿胀，脊椎几乎无法挺直。我又一次准备抱起他，结果我们两个人差点同时撞到旁边的墙上。

准备进入房间时，我使出全力才将鲁布的一只膝盖挤进门框。等我好不容易带着他走回卧室，却发现萨拉站在卧室里，一副睡眼惺忪的样子。终于，恐惧爬上了她的脸庞。

"见鬼，到底——"

"小点声，"我说，"来帮我一把。"

她把毯子从鲁布的床上扯下来铺在地上，我把鲁布放到了毯子上。我的双臂好像着火了，但我还是帮他脱下了夹克衫和运动衣，只留着牛仔裤和靴子。

他整个人像被割裂了，到处青一块紫一块的，看起来好像断了几根肋骨，眼圈也是青的，就连他的指关节都在出血。他真是被好好教训了一顿，我心想，不过现在这一切都算不上什么了。

我们站在原地。萨拉看看鲁布再看看我。她看到我夹克衫的袖子上沾着他的血，于是大哭起来。

卧室里的灯已经关上了，但是走廊里的灯还亮着。

我们察觉到又有一个人走了过来，我知道是妈妈。我连看都不用看就能想象到她脸上受伤的表情。

"他会好起来的。"我好不容易挤出一句,但是她并没有离开。她朝我们走了过来,鲁布的声音艰难地传进我的耳朵。

他的手从毯子里面探了出来,紧紧抓住我的手。

"谢了,"他说,"谢了,老弟。"

窗外洒进来的惨白月光击中了我。我的心脏大声号叫起来。

眼睛里的真相

我蹲下来,双臂疲累,双眼疲倦,双腿疲软。

那条狗无声地恳求我走得再远一点。它的脑袋依然耷拉着,它的呼吸在黎明前的最后一缕黑暗中清晰可见。

我们走在街上,天空亮起第一道曙光,渐渐变成了枪灰色。

在马路的尽头,有人在那里等待,而我心里很清楚那个人是谁。他穿着和我一样的衣服,双手像我一样插在口袋里。他在那里等待着。

那条狗原地坐下来,我第一次摸了摸它——那身粗糙的、铁锈一般的皮毛,依然傲慢地冲天而立。我喜欢那皮毛带给我手指的硬硬的触感。我能感受到一种真实。

然后,我想起了那对眼睛。

我望向它的双眼,任凭它的双眼向我投来灼人目光,将我点燃。

那双眼睛里充满了饥渴。

那双眼睛里充满了渴望。

我想把手一直放在它的身上，但并没有这么做，我轻轻举起手来，准备离开。

　　等我再转过身来，仿佛直接开始和那双眼睛对话。我点了点头，说了声谢谢你，我知道接下来将由我独自前行。

　　那个人在马路的尽头等着我，但是在我走过去之前，我最后一次回了头。

　　我还以为那条狗已经离开了，但是它并没有走。毕竟它为这个瞬间已经付出了很多。是它带我过来的，而我现在必须继续前进，结束这趟旅行，这是我欠它的。我理应喂饱它，于是我轻声低语。

　　"是那种饥饿的感觉指引我穿过这片暗夜。"我的声音在风中摇曳。"是那种饥饿，是你……"

　　它听到了我说的话，于是转过身离开了这里。

　　粗糙、生猛、真实，就好像现在我体内的感受。

20

我还是挺佩服他的。

第二天早上，鲁布还真就站了起来，而且还同爸爸和我一起去干活儿了。他依旧鼻青脸肿，伤口也还不时裂开流血，但他依然按时到场，像往常一样努力干活儿。我不觉得会有很多人在被这么狠揍了一顿之后，第二天还能站起来像他一样工作。

这就是鲁布。

我无话可说，没有什么能解释他的这种毅力。

早上他和爸爸大吵一架，全家人都被吵醒了，但是等他们吵完，事情也就结束了。妈妈要求——实际上，倒不如说是苦苦哀求——鲁布以后晚上多待在家里不要出门，这一点他倒是无法反驳。他完全应了下来。我们走出去，上了车，离开了家。

一直到下午三点左右，鲁布才终于开口询问前一天晚上的一些已经模糊了的细节。

"所以，到底有多远啊，卡姆？"他抛出这个问题，直直地甩在我面前。他想听真话。

我停下了手里的活儿。"什么有多远？"

"你知道的。"他从我眼中看到了自己的倒影。"你昨天晚上抱着我走了多远？"

"走了不少路。"

"走回来的这一路上你都抱着我？"

我点了点头。

"我很抱歉。"他继续说着，但我们两个人都很清楚完全没必要这样说。

"忘了这回事吧。"我说。

下午的时间飞逝而过。我有时候会观察鲁布干活的样子，不知怎的心里就是知道他会好起来。他就是这种人。只要他还活着，他就会好起来的。

"你在看什么？"他察觉到我一直看他，还一副陷入沉思的样子，便这样问我。

"没看什么。"

我们甚至笑了起来，特别是我，因为我已经下定决心，以后再偷看别人，一定不要让自己被抓个现行。我的观点是，偷看别人并不是什么恶习，只是得注意别被对方抓到。

等我们回到家，奥克塔维亚已经在家等着了。她看到鲁布时露出的表情和前一天晚上萨拉的表情可以说是如出一辙。

"什么都别问。"他经过她身边时这样说。

等她看到我，她又因为我没有变成鲁布那副样子而大大松了口气。她只能用嘴型比出那个问题，到底发生了什么？

"我晚一点再和你说。"我回应她。

在鲁布和我共用的卧室里，有一份礼物在我的桌子上等着我。是一台灰色的旧打字机，键盘是黑色的。我停下脚步，在离桌子还有几步远的地方凝视着它。

"你喜欢它吗？"身后传来一个声音。"我在一个二手商店看到了它，当时就觉得必须要买下来了。"她微笑起来，在我身后拍拍我的手臂。"卡姆，它是你的了。"

我走了过去，摸了摸打字机。我的手指在键盘上游走，感受着打字机的触感。

"谢谢你。"我转过身，面对着她。"谢了，奥克塔维亚。它真美。"

"很好。"

萨拉和史蒂夫打了好一会儿电话。他参加的半决赛要在明天举行，奥克塔维亚和我都决定去现场观战。但我没有想到的是，那天晚上稍晚一点时，史蒂夫回了趟家。

奥克塔维亚和我正坐在门廊上，突然，我们看到他的车子停在了门口。他朝我们走了过来，站在我们身前。

"嗨，奥克塔维亚，卡姆。"

"嗨，史蒂夫。"

我站起来，我们注视着彼此。我还记得上一次我们在这里的对话。

但是今天晚上，史蒂夫一脸心烦意乱，就好像是刚入冬的那天晚上，和他在小球场里的表情一样。

"我听说了昨晚发生的事，"他开口说，"萨拉打电话的时候和我说了。"

"你是来看鲁布的？"我问他，"他已经去床上躺着了，不过我觉得他应该还醒着。"我走过去打开门，但是史蒂夫并没有往房子里走。

他站在我身前，一动不动。

"怎么了？"我问，"发生什么了？"

他突然说了那么一句话，但是语气很平静。"我不是来这儿看鲁布的——我是来看你的。"

奥克塔维亚换了下坐着的姿势，我还是眼睛一眨不眨地看着我的哥哥史蒂夫。

他说："萨拉告诉我你昨天晚上从那个老火车场一路把他抱回了家……"

"这算不上什么——"

"不。不要撒谎了，卡姆。这确实是件大事。"他站在我面前，高出我一头，但我现在觉得这只是个客观的物理事实罢了。只是个头高矮的区别。"这确实是件了不起的事，你知道吗？"

我表示赞同。"好的。"

我们对彼此露出微笑。

史蒂夫站在原地。

我也站在原地。

安静的气氛开始从头到脚将我们笼罩，我们对着彼此微笑起来。

后来，他还是去家里坐了坐，但没有久留。没过一会儿奥克塔维亚也离开了，我回到房间，开始用打字机创作。说实话，打字机令我畏惧，因为我很想打出完美的作品。所以直到过了十点，我还是一动不动地瞪着面前的打字机。

很快，我心想，那些完美的字句很快就会浮现的……

第二天，奥克塔维亚和我提前去了码头表演，这样就可以保证一会儿不会错过史蒂夫的球赛。

我站在水边，听着她在远处的吹奏，这时，鲁布走到了我身边。看到他，我有点吃惊，但是也注意到他脸上的伤口已经开始一点点愈合了。

"嗨，卡姆。"他说。

"嗨，鲁布。"

我看得出来，他很紧张。

"你来这儿干什么？"我问他。

他蹲下身子，手插在口袋里来回摆弄。我们两个人都盯着水面，我察觉到鲁布有点崩溃了，不过只是稍微有一点。他继续看着水面，说道："我必须过来告诉你一件事……"他现在将目光转到我身上，我们的身影投射在彼此的眼眸中。

"怎么了鲁布？"我问他。

港口的海浪高高扬起，然后又跌落回去。

"你看，"他说，"我长到这么大，一直都觉得你应该仰望我，大概就这个意思，你明白吗？"他看着我，脸上充满了探寻的表情。

我点了点头。

"但是现在我懂了，"他继续说，"现在我真的明白了。"

我等着他往下说，但在这之后并没有下文。我问他："你明白什么了？"

他盯着我，再次开口，声音有些颤抖："现在是我要仰望你了……"

他的这句话在我身边盘旋了一周，然后钻进了我的身体里。这句话钻到我皮肤底下，我知道绝对没有可能再退回到从前。这些字句会永远留在那里，包括这个瞬间，这个鲁布·沃尔夫和我对话的瞬间。

我们都蹲在那里。

心里想着事情的真相。

终于，我们站起来，转头面向这个世界，我能感觉到体内有什么在攀爬而上。我能感觉到它在我体内手脚并用，不断爬上来，爬上来——我微笑起来。

我微笑起来，心里想着，是那种饥饿的感觉，因为我太熟悉那种感觉了。

是饥饿的感觉。

那种渴望。

然后，我们继续前行，但我慢慢感受到了这种饥饿感的美丽之处，我仿佛能尝得出来，就好像在舌尖品味那些文字的美味。

文字的边缘

我回到家里。

我坐在自己思绪的后花园里，整座城市像往常一样矗立在远远的地平线上。

冬天渐渐过去，阳光再次普照，那股饥饿感在我体内疯长。

打字机还在等我……

现在，我仿佛触摸到了文字的边界，血浓于水的感动，女孩子们动听的歌声，兄弟们的手交叉在一起，还想到了那些在夜晚号叫的饿犬。

有那么多值得铭记的瞬间，有的时候，我觉得我们可能压根儿就不是作为人存在于这个世界上的，也许我们只是由一个个这样的瞬间组成的。

有软弱的瞬间，也有充满力量的瞬间。

有拯救与被拯救的瞬间，以及所有被我们记住的瞬间。

我曾在真实世界里游荡，在我体内的黑暗街道靠着书写一路走来。我看到人们在城市里穿行，猜想着他们从哪里来又要到哪里去，他们的人生瞬间又曾对他们造成什么样的影响。如果他们有任何与我相似的地方，那这些人生瞬间一定也曾将他们高高抛起又重重摔下。

在游荡的过程中，有时我可以幸存下来。

而有时候，我仿佛站在自己心灵世界的屋顶上，伸出双手，恳求一切来得更猛烈些。

就是在这样的时刻，那些故事在我体内浮现。

它们总是能找到我。

它们是败犬，是战士。它们由饥饿和渴望组成，它们努力活得体面。

唯一的问题在于，我不知道那些故事的先后顺序。

也许它们最终会融合在一起，成为一个故事。

我猜你们只能等着了。

等我决定好的时候，我会告诉你们。

图书在版编目（CIP）数据

影子犬／（澳）马库斯·苏萨克著；周媛译．——北京：北京十月文艺出版社，2021.5
书名原文：When Dogs Cry
ISBN 978-7-5302-2100-6

Ⅰ．①影… Ⅱ．①马…②周… Ⅲ．①长篇小说－澳大利亚－现代 Ⅳ．①I611.45

中国版本图书馆CIP数据核字（2020）第224885号

影子犬
YINGZI QUAN
（澳）马库斯·苏萨克 著
周媛 译

出　　版	北 京 出 版 集 团	
	北京十月文艺出版社	
地　　址	北京北三环中路6号	
邮　　编	100120	
网　　址	www.bph.com.cn	
发　　行	新经典发行有限公司	
	电话 (010)68423599	
经　　销	新华书店	
印　　刷	北京天宇万达印刷有限公司	
版　　次	2021年5月第1版	
	2021年5月第1次印刷	
开　　本	880毫米×1230毫米　1/32	
印　　张	7.5	
字　　数	153千字	
书　　号	ISBN 978-7-5302-2100-6	
定　　价	49.00元	

质量监督电话　010-58572393
如有印装质量问题，由本社负责调换

著作权合同登记号　图字：01—2020—4815